不存在的信札

吴亮 著

长江出版传媒
长江文艺出版社

Photography from 1910 Stereo-Travel Co.

漫长的工作，是你不敢开始的工作。

只有虚构可以发言，而一切声音都是虚设。

写信是一种依靠吗？
我不知道。

曼达 他们都想认识她，可是她是一个"复数"

阿德 画家，他写作，你肯定见过他

陶尼 装置艺术家，他想把一个概念变成物质

塔塔 悲观情种，女人却不这么看

大愚 无业游民，他的哲学全是陈词滥调

宗萨 佛界高人，很可能是一个虚构人物

拉拉 因为某些话题，她才出现

素梅 情况不详，她与拉拉形影相随

阿格 她像是一支波莱罗舞曲

欧博士 文献爱好者

家葆 他知晓生活中的细枝末节

李度 对他而言，编辑部就是世界

弟弟 失恋者

三叔 沉默的家长

广兹 居士

耀洲 居士

多多 留学生

莎莎 自由艺术家

商赤 自由撰稿人

无名氏 我们知道的东西实在太少了

I

曼达：

　　我离开那个地下室，天下雨了，我决定走回学校，我记得方向，我那么熟悉这带啊……很快，我发现我迷路了，好像我故意要迷路，要淋雨，让我想想，我有多少年没有在雨中走，不打伞，不奔跑，甚至走在马路中央，最近一次，是哪一次，我彻底忘了，许多事都忘了个精光，却又苏醒一般，对，我已好久不写信了，不给任何人写信，只打电话，只用声音，就像下雨的声音，我不会写信了，我几乎失去了写信的思维方式，脑子里没有字了，只有声音，轰轰隆隆声音，我忘记了文字，言辞表达最基本的形式……偶尔，有一点点想法，观点，还没有成型，就飘走了，平时，不需要观点，都是日常，重复复重复，一些简单的框架，翻来覆去，够了，把它们联结起来了，好吧，现在我就给你写信，我开始写信了，这是不是很荒谬，过于滑稽，曼达，你一定被我惊着了。

9

弟弟：

远处有一线光亮，睡不着，下意识摸左边，空的，我想你了，我仿佛有些背痛，手搁不着的位置，暗中，我神经质般地笑了一下，极短促，试图忘记背脊，它就是世界中心，所有麻烦，都集中在一个人身上……从下往上，看到天花板一角了，真是新大陆，就这样躺在床上，本计划这个礼拜要编排我的画册，一直拖，不想，拍照，尺寸，文字，还要取个名字，忙碌了一阵，我已失去动力不知道为什么，厌倦，一种类似停滞状态……弟弟你说你会给我想个名字的，你说两个字不好，两个字的画册太多了，你说给我想一句话，你想好了吗？

陶尼：

　　我的第一件作品完成了，用了三个星期，属于技艺的解决，不涉及观念，"观念"是可教的吗，偷来的，我压根儿讨厌"观念"……你懂我的，任谁都一样，重要的是作品必须仪表堂堂，它是高岭土灌注的，胶水与亚麻布，蓝色，氯化钴浸润的表面……我明天去旅行了，这是一种姿态，这很关键，做好一件作品，就得离开它忘记它，然后，三天后，或者七天多少天，回来了，穿过马路，打开门，再看看那个东西，变化在哪里？根本没有什么思想，是一张陌生人的脸，用半分钟认出他，一点不惊讶，他就是主人了，他简直就是在那里等我，我一点不激动，我走近他，停下脚步，这是多么冰冷的一件作品，他以他的冰冷吸引我的注意力，他搁浅了，像是镜子里一个影子，用手指触摸它，玻璃似的，模模糊糊，我退后，他好像不是我的作品，我想他是美的，引人注目，走不到他跟前，没法判断，他有一种冷漠，一种全然自我怀疑，自发性，格格不入……陶尼！你一定要来看！不是现在！只有你能看懂我，你的无知、外行、奇思妙想总是会刺激我，我们是息息相关的，那种苦恼，爱欲，无尽等待……

塔塔：

报纸上说，喝苏格兰威士忌一定要加冰块，这个你也问我，这个，取决于自己，好像是美国人近代习惯吧，十九世纪初美国禁酒令，苏格兰的威士忌才进入美国，哪有冰块啊，氟利昂制冰机要到二十世纪四十年代进入美国家庭，苏格兰威士忌有五百年历史，你自己想想吧。

你问起加尔文的"预定论"，不解，特别是"神的拣选"，人为什么毫无主权，那么，人的自由意志又怎么办？我找到《申命记》里的几句，可能可释疑：隐秘的事是属耶和华我们上帝的，惟有显明的事是永远属我们和我们子孙的，好叫我们遵行这律法上的一切话……很明显，人不会也不能质问神为什么施恩予人，那就不能问为什么会弃绝某些人，属神的心意人无法明白，可是，对拒绝救恩，人类依然要负责。

天黑了，回家！

曼达：

再过几天我会去百代唱片公司找你，你将在门卫室看到一张纸条，上面写，"我来过了，你不在，只看见你的那匹猫，躺在沙发凹进去的角落里睡觉"。

三叔：

　　自从我的父亲死后，我最恨的人就是你了，你说你帮我，我一点不感谢你，你不过做了你应该做的事，昨晚你说的一番话，真虚伪，你那么彬彬有礼，真让我哆嗦，我要到哪里去，我以后要干什么？不必了，我不想回答你的问题，你装出煞有介事的样子，其实是轻松了，解放了，尤其是三婶的表情和眼神，始终盯着你，我知道你们串通好了，她怕你另讲一套，你们一家谁都不相信谁，我知道，这是多么合乎人情，三婶的目光一直盯着你，不看我，她烦我，怕我，她发现我在看她，她就看天花板，真的让我无法忍受，我听不清你嗡嗡嗡说了什么，我在想你们一家，包括我的父亲，我不断打冷战，脑袋一片空白，不知道等待着我的是什么，我想从这幢房子里逃出去，我只是一个人，一个包袱，一个被隐瞒的麻烦，你们一直欺负我，甚至我的身世……三叔！是不是？

陶尼：

　　亲爱的，我被一阵敲门声吵醒了，结果，是邻居喝醉了掉了钥匙，要从我的阳台爬过去，真疯了，三楼啊，我把他拉进房间，坐下，他脚一软就歪倒了，结果怎么样，你猜猜，这家伙的钥匙居然就不知道从什么地方掉到地板上……好吧，我终于把这酒鬼弄醒了，估计他此刻一定呼呼大睡啦，你呢，亲爱的陶尼……

　　这之前，我在玩一个游戏。

　　"出题目"，很重要的疑问，被人忽略了，你应该感兴趣，我已经拟好了三条，你听好了，第一个问题，鲁滨孙为何只有一个"星期五"？第二个，于连射向德瑞娜夫人的第一颗子弹打到哪里去了？三，蒙娜丽莎背后风景应该伸展到多远？

　　怎么样，好玩儿呢，呵呵，那个酒鬼。

VIII

曼达：

　　有人告诉我，劝告我，你能够替我保密吗？他们说，其中一个人，神秘兮兮，啊啊，"曼达"不是你，他这样半张开嘴，意思好像有另外一个女人，事实上，不但你不叫曼达，那个也是冒名顶替的……只有你知道真相，这个名字，是我送给你的，你接受了，你看着我，眼睛发亮，你贴着我耳边轻轻呢喃，曼达，真的如此好听，我喜欢这个名字，这个名字改变了我，我们干杯，为了这个名字，很像一只狗，一种颜色，香水，湿木的香味，皮肤，头发，都黑黑的……我被你感动了，我们一起笑，你说你改变了我，那么，原来的我，又存放到哪里去了呢，我回答：你从此就是双面人了，你可以创造另外一个女人，一个叫曼达的女人，至于你原来的你，你就把她藏起来吧……

三叔：

　　恕我直言，三叔你忍耐吧，那些个戴大口罩的医生，专家，我听够了，如果我是你我会烦透，医生们有备而来，他们决定一切，来不及了，这就是程序，只要启动，谁也不能改变，除了祷告，现在我明白，过去全是一样的，一个手势就是一个指令，他们彼此眨眼睛，好像他们都会腹语，就让他们去好咪，你的单人病房左手是浴室，水槽上方的小镜子拿走了，加了两块防滑垫，钥匙圈和眼镜盒都装在一个有灰色条纹的布袋里，没办法，走廊的灯二十四小时亮着，有点像监狱，这是我猜的，电影里。

X

宗萨：

　　我见过小坎肩了，谈了一个下午，有一种收获的欣喜，坎肩他，在我看，是位最具吸引力的教育家，三十还不到，后生可畏，我们讨论从"平等"与"独裁"的是非取舍争辩解放出来，不必微笑，不必哭泣，瞬间莲花满地沙尘蜉蝣，一次一次回头，一次一次让自己从愚蠢和混乱跳出来，观看，听，和引导，让自己密切和凝聚在爱的微风中回头，我一下子就接纳了这个世界，接纳了整个世界中的所有生命。

　　在此，我非常感激你对我付出的一切，特别是能让我如此轻松地在你面前如实地说话，如实地勾勒自己，我至今还没有给你画一幅肖像，但这幅像，已经在我眼前了，生生灭灭生生不息，如果生灭、刹那同样等同于消逝的又一形式，那么消逝就是真实、平静和美好。

曼达你好！

我好像得了一种不把时间当回事的病，苍老中醒来时我发现我的眼前是一片空白和一堆垃圾，一天一天一天一天，任何东西，任何人……

记得半个月前我给你写信，就如昨日，好像昨天我刚出发一样，昨天我经历了太多，却全部忘记了，但又全部都保留着，所有的借口和一万个等待都随着无力地存在着，像是气体飘散了……如果我真的对你说你一定不会相信，我，那是生病了，喝多了吧或者假装喝醉了，现在还有谁还有工夫写一封颠三倒四的信，勾搭刚刚认识的女人，谁知道，谁这么不靠谱，谁这么笨拙啊？

有半个月了，还是三个礼拜，一天一天一天，白天黑夜白天黑夜黑黑夜那夜你说明天下午的航班，我问你去多久，你咯咯咯咯地笑说，什么算"久"呢，一个星期，算"久"吗？

好好，现在你应该懂了，曼达，我发现我变成废品了。

（前页缺）

疚，我没有忘记那事，别误会，真的，十六号晚上我们一起去渔港码头西头的露天小吃店狂吃狂喝，另有一个画梅花的中年人，以前没见过，一对开商品画廊夫妇，是的，还有一个十九岁的美丽男孩叫圆圆，是曼达刚刚结交的新朋友。

曼达的漂亮在这里有众多女人嫉妒，让众多男人恬不知耻到忘我的境界，在他们没被爱沉没之前是不知道爱你锋利和冷酷，就如透明美好易碎的玻璃器皿一样危险……曼达不是玻璃，是这个高科技时代研制出来的，她的"似玻璃"和"不易碎"会让你一头撞上后感到晕头转向，神志不清，然后就成了一头倒下去的有机物……曼达与一般美丽的女孩极不相似，她坏到了极限，坏到了没有极限，超出你的想象，我们边吃边喝，曼达说，我们玩个游戏，画廊老板说好啊，猜拳？曼达说，我们玩"约法三章"，谁输了，挑一个，老板娘问哪三章，曼达说，"吃酒、睡觉、拉屎屎！"

XIII

弟弟：

你恋爱了，至少，你在恋爱边缘，她是寡妇，结实，立体的小脸，还说什么呢，信，没有回信的等待，可怜，为你祝福，这世道，爱是一道光，深渊，苦涩，一颗很快溶化的糖果，给自己编织故事，许多已知形状，未知的，不想透知的，兴奋与沮丧，大玻璃那边，尽管，再一次，或许某一天，她出现在你身边，带着行李箱，从你屋里冲出，而你则让开路，高声喊我的上帝啊！

曼达：

　　……狂欢节最后一日，我本来不想叫醒你，黏土对你来说是一种可以无限遐想的主题，我咀嚼四月李子，肉体被诅咒，钟的指针重叠，雄雄相会，床单上破了有屁股大的洞，你压住我啦，交换一下，我们在这个洞里插一束玫瑰花……

陶尼：

我想来想去，决定了，就昨晚，决定把城里的房子卖了，嗯，摇摇晃晃，快一百年啦，只差一年，今天早上醒来，又翻来覆去的，不是犹豫，没什么犹豫的，说起来老房子还是要不断出问题，烦，屋顶渗水，下水管道，潮湿，房子的两边墙连着邻舍隔壁，想彻底改造，得邻居同意，老邻居都去了天堂，周围年轻人一个都不认识了，城里城外，晚上回家，模模糊糊的房子轮廓像个怪物，我们这排房子材料不是石头铸铁，是砖砌瓦盖的，寿命应该超龄了。

你想弄只猫，陪陪你，我同意，我以前有经验，我建议养两只，因为猫养不家，常常玩失踪，一般来说猫是自我中心的，它逃夜，不会跟另一只猫商量一起行动，所以，跑了一只，另外一只基本还在，你懂我意思吗，还有，领养小猫要领刚刚出生的，千万不能收容流浪猫，这不是慈善不慈善的问题。

我现在从窗子看对面，深冬季节枯叶飘落，马路丑陋垃圾飞舞，是寒意吗，对的，病态，要决定离开一个地方，就必须贬低这个地方。

一只猫寿命一般是十二岁到十八岁，它们不爱受管束，经常会不辞而别，除非你花点钱，弄只名贵的纯种，这样的猫，

通常很依赖室内生活，野性几乎都退化了，麻烦的是，你有
时间吗？

　　我楼下，随时有流浪猫出没。

陶尼：

照片看到了，你的装置，蜥蜴、红蚂蚁、银箔，还有一些碎片，什么意思呢，还有鞋带，小镜子，搞什么鬼嘛。

正巧，我在读史特林堡传，似乎，应该怎么说呢，也许冥冥中……史特林堡有两个朋友，左边是蒙克，右边是尼采，这种私人关系不会是无缘无故的，我猜，史特林堡晚年醉心于魔法和炼金术，对瓦斯、电、煤的神秘转换乐此不疲……而蒙克，各种传记都着重提到他的身体疾病，显然，二十世纪传记作家通常会把疾病，甚至异常状态及精神分裂作为了解艺术家和作家的钥匙，尤其是那些天才……尼采，人们都知道他说过"上帝死了"，这句话被无数俗人曲解了一个世纪，其实尼采特别在乎耶稣呢……而史特林堡，他一直摆在书桌上的耶稣受难像，临死时这圣像放在了史特林堡的胸口上……艺术史家和文学史家，受二十世纪无神论泛滥影响，只会把属人、属灵的归纳为什么表现主义或浪漫主义，更要命的，只谈形式技巧风格，完全是陈词滥调，完全是缘木求鱼……

你可不可以解释一下，搞什么鬼，蜥蜴跟你有啥关系嘛。

大愚：

  说实在的，礼拜六李度本是不愿去，他不主动，他一向这样，他为这事，前后打了三通电话，我想他还不定给什么人打电话呢，实情是，我觉得李度吞吞吐吐，我感觉，李度不想见到宗萨，后来听说卫姑娘要来，他又支支吾吾了，这人……你别笑，卫姑娘其实也不是块擅长勾引男人的料，你看她着装打扮，永远一身黑，你永远无法从正面同时看到她的左右眼。

  意外的是，宗萨临时有事不能来了，曼达突然出现了，你从来没有见过她？昨晚我注意到你与卫姑娘没说几句话，你把她忽略了，这非常明显，因为事前，陶尼告诉卫姑娘李度要来的，而且是卫姑娘去，他才去的，结果，想不到你第一次看到曼达就见异思迁了，当然我并没有特别惊讶。

  昨晚的晚餐，因为宗萨缺席，加了几道肉菜，还为女宾增加了冰淇淋，我看男人酒喝了不少，对小牛肉和意大利奶酪都视而不见，没错，全因为曼达来了。

  怎么样，曼达如何？想听听你的描述。

亲爱的李度兄弟：

有些事，一直说见面谈见面谈，结果好不容易见面了，还是没有谈，干脆写信向你请教，或者，我的困惑。

半个月前了，在君王堂侧廊我问，关于"信仰自信"和"教会权威"，你应当记得，半途被打断，当时你说，天主教的神学，除了阿奎那，其他都不怎么样，现代有认识的天主教神学，如汉斯昆，向新教靠拢……我当时说，不管新不新，你们的主教神父的解经，让我们学习学习？你很肯定地回答说："我的信仰自信，不来自我自己，不是神父，而是，教会的权威……"

我现在要问的是，我的兄弟：教会是由人组成的，教会的权威又是从哪里来？如果这样推导下去，就是教皇一个人说了算，他一锤定音……是这样子的吗？

弟弟：

　　她的美太独特了，好像很节制，含蓄，知道江湖上的名声，觉得自己的无辜，又无法解释，一个据说很容易引发流言的闯入者，把剧情带到另外一个方向，手势、表情、眼神，还是无法抵挡……她的确上了年纪，不可能啊，无言，伸出手掌，看手纹，伸出你的手腕，手心，手掌向外，看两侧，角质，拿蜡烛来，笔直、歪曲，诱导，那么白皙的双手，我完全不知道她前世、前任，祝你好运，很危险吧，她并没有沉默，她一直觉得委屈，她继续喋喋不休，她不需要保护伞，谁不是啊……她自己，一个人待着，她从不主动，她不是止痛药，揣摩男人心思根本不必要，离开她离开她，她是劫数，一个杰作……

　　我知道，我这样描述你，你必会产生好奇心，好吧！

法庭谈话录字片断：

问：孔章荷芬，你告章世骏什么事？

答：章世骏是我胞兄，我和他从小过继与伯父章庭盛为子女，继父在民国廿二年去世，所有遗产都由他管了，没分给我，只在廿二年给了我两万盐业银行的股票，我现在向他分遗产。

问：你是哪年结婚的？

答：民国十一、十二年结婚，只记得我在二十岁上跟孔沛鸿结婚，孔在民国廿一年死了，他家在前清当官，做江北提督。

问：那他家有很多遗产？

答：就河南周口市有十几处房子，现在借与公家住，但我有三十年没回周口市，我们分家分得四五所房子。

问：你要分的遗产是什么呢？

答：股票，卖房的钱，孙原卿去年出卖天津保定道的房子，共得七十件布，她给了我九件。

曼达：

七点有人按响门铃，问谁，无人回答，两边都等待了十几秒，结果有一辆摩托车驶过去了。

说你寄来的几张照片，大壁画，西藏大部分寺庙进口都有，轮回图，生存圈，生死轮回，中间一只公鸡，一条蛇，一头猪，分别代表欲跟贪，嗔，还有愚痴跟幻，这是核心造化物，鸡蛇猪，在十二生肖是另外一种说法，那就是命数八卦的系统了……这个图也被分成十二段，其实从"六道轮回"衍生出来的，阿修罗、畜生，饿鬼什么的，十二因缘锁链中的一种形式，陷阱，捕捉生灵，周围一圈全是魔鬼的爪子……但是曼达，你注意看，照片的左上角，佛陀用手指的那个不是生存圈，生存圈是阴间阎罗王控制的，这个不是，这个法轮非常漂亮，它有八道光之轮，它就是"阿育王之轮"。

嗯，看看窗外，阳光明媚，八点了。

家葆：

上信你说"已婚妇人"和"我所知的关于她的二三事"，语焉不详，是小说还是电影？确实，这两个名字很诱人，产生遐想，至于你后面谈到戈达尔，那个"桑德琳便秘症"我表示无感，为此，我一下子就难以回复了，法国人喜欢用非常枯燥语言谈电影谈小说，我不行，不觉得他们高妙，连谈"性"都不肯放过。

今天中午，喝咖啡呢，邮递员送来一包裹，旧书店寄来的，一本《棉被》一本《浮云》，打开后速读，照你说法，是"低空掠过"……抄一段《棉被》里面的信……"老师：我是堕落女学生，我没能遵照老师所教导去履行一位明治新女性应该承担的义务，我是旧派女子，没有勇气实行新思想……"再一查，作者田山花袋，1907年初版，我的天！

只不过，我迷恋上了曼达而已，却从来没有约过她，我一想起她，我就会想象情窦未开，认为一个成年男人，还要被一个女人迷恋是不应该的，为女人而神魂颠倒，还能有什么出息……家葆，事情莫过于，这样的自我克制，只是一个原因，我是用曼达根本不知道的方式，不可救药地迷上了曼达了，这个秘密，绝对不是法国式的，而是日本明治时代的。

XXIII

法庭谈话录字片断：

问：章世骏，她要分遗产，你意见如何？

答：我在七岁时过继给章庭盛，但不知她也过继了，旧封建社会只有男的过继，没有女的过继的，她十七八岁时管孙原卿叫妈，听说过继了，但继父死时并无遗嘱说给她，遗产向来由孙原卿经管，丧事完后才交给我，也没有说起有孔章荷芬的份。

问：你父死后，曾先后给她多少钱？

答：民国廿二年给了两万股票，现在一万股票最低值一千五百万，同年又给了她天津济厚里六号楼房一所，卅六年给了十二两黄金，孙原卿在去年卖房，曾给了她九件布，合一百八十疋。

问：现在她还要，你的意思怎样？

答：我不应当给，不想给她。

XXIV

曼达：

你醒了

我要跟你说话

真冷

叫妈妈过来

你醒醒

我怕老鼠咬断灯绳

别别

我把一切交给你告诉你，从开始讲

别

我不懂

什么

照片里的人怎么换了

妈妈呢，她人呢

你在做梦？

没呀

妈妈已经死了

乱讲，妈妈去哪告诉我

你什么都记不起来

曼达是谁，这几天你到了半夜一直叫唤"曼达"……

我去叫醒他

不要

他在梦里一般

我没有

你老是看天花板

我没有

外面一阵狗叫

远处

并没有"曼达"这个女人

我们睡觉吧

是啊

XXV

（缺前页）

从她说的故事，太也外露了，我无法断定她想干什么，有吗，她命中就是一个老姑娘，颠三倒四，她嫉恨死了，在养蜂场的那三天三夜，她一直记日记，把日记故意扔在枕头边，什么意思？最后，终于我忍不住看她日记，反正，不看，她也以为我看了，真的，现在，想起她写的，那么疯了，真的，我现在都想狂操她，操啊，操那一切美好一切黑暗一切明亮，操那她的病态，怎么变成一种已经发生的自我伤害，谎言可以比真实更好更多，我只看了两页，我害怕了，这个，以前从来没有发生过，她赢了，我们位置互换了，邪恶的老姑娘，我看错了，她壮大，我既不高贵，上帝没有走向我，我操，撒旦厉害，我失去了定力，上帝是说说的，咒语在她那里，我操，操一切一切一切……

曼达，我这样做是对的吗，你读过后把这信烧了吧，我何不撕了我自己，不行，曼达，你要说真心话！

（笔录一）

"……章世骏伉爽而无粗豪气，无俗容，无俗礼，讷讷如不能言，一切皆出以自然真率，儒雅而无头巾气，因此之故，他作词绝不小巧尖新，浮艳藻绘，绝不逞才使气，叫嚣喧呼……我藏有一本章世骏先生的《丛碧词集》，白纸印的，仿宋大字刻本，按照版本目录学家的说法，这是黑口、双尾鱼、页十行、行十八字、瓷青纸书衣、双股粗丝线装订，扉页是'双鉴楼主'傅正纲题'丛碧词集'四字，是苏字而稍参颜鲁公，写得极为工整典雅，后面是'枝巢子'李秋汝老先生的序，再后是郭平襄老先生的序，都写于'戊寅年'，即已是沦陷后的北平所刻，书很漂亮，古色古香，当年是印了送人的，原印的很少，现在流传想来更为罕见，我能无意中在旧书店遇到，可谓幸事。"

我给你改个名字吧。

为什么。

不为什么。

我知道为什么。

哦？

我知道我名字不好听。

你笑特别可爱。

单纯。

看到你那夜，渐正消逝，又跑到我面前，你像一只小鸟，飞过。

我看到你了，远远望去。

我不相信。

不骗你。

那些男人们都围着你。

哪有。

你飞过来了。

继续说。

一道光，幻影，对，眼睛一亮，如同黎明轻柔的微风，拂过在梦中的你，笑脸，嘴唇，如此可喜悦地呈现。

真美。是当时吗？

是现在，后来我反复看那个妖精的照片。

你说哪个啊！

早晨起来，想，她是谁呀。

我很简单的。

男人开玩笑呢。

你不像。

哦？

你是真的。

是。

我不年轻了，人家多年轻……

（沉默）

再要。

要什么。

要听你说话。

文字？

写下来。

你写。

不行。

为什么。

因为，说过了，再写一遍，要疯的。

你语言出神入化。

因为夜晚，下坠感觉会令女人陷于迷幻……依然想她，变得愚蠢，很疯魔。

我觉得自己没有什么特别。

你出戏了，曼达。

你算叫我了？

对，你出戏了。

啥是"出戏"？

你要配合，我说什么，你必须接话，你忘了台词，就要现场编，因为，我们是在舞台上，曼达！

家葆:

　　……从你的话里，我无法判断你发生了什么事，情绪不稳定，不过你确实很健忘，这本来没要紧，我总说，你家葆的记性是我们班数一数二的，老了嘛，不如以往，也是正常的……但是你说了前日拔牙注射了两次麻醉居然没有反应，你还当作轶事笑谈，我倒不放心了。

　　你牙没拔成，我建议过几天找个可靠的医院检查一下，牙周炎非常麻烦，你知道"阿尔茨海默症"吗，就是俗称的老年痴呆症，两件事挨得很近，牙齿和大脑都纠缠在一起，据说导致牙周炎的"牙龈卟啉菌"，同样指向一个方向，大脑，进入大脑哦，具体我不懂，你要把这事当真，你自己去找医生咨询，反正，牙齿与大脑是一体的，可不是一拔了之，换个假牙就拉倒的事……记得十几年了，我们一起瞎聊天，你什么都三脚猫晓得一点，从大脑记忆扯到前额叶、海马回和杏仁核，这些知识其实对你没有用，你记忆不如从前，这没办法，你牙齿你怎么那么无知地让一个庸医胡乱处置呢！

家葆：

　　阿姆斯特丹到处是自行车，很大的自行车，在邮政小店写信，没有工夫描述这个城市，到处是桥，也就是说，到处是河，我站在小店门口，有几个女孩吸烟，很粗的卷烟，我所在地方很热闹，可能是旅游旺季，河岸码头的观光游艇一会儿靠岸一会儿离岸……好，字写得大，也就这样吧，其实哪里都一样，无非人看人，风景不如看照片……

XXX

你要吓我，吓呀。

不找你，滚开。

贱货。

快点走，不然让你不得安宁。

不必，你不必告诉我。

你走不走？

荒唐。

嘘，有人来了。

不是他，他在哪儿？

这狗东西。

是的，真是不值得。

你知道……

我什么都不知道。

我们谈谈？

你与我？

是呀，就我们两个。

我们不是我们。

好，谈谈他。

哈哈，真有趣极了。

对，你肯定想听。

真了不起啊！

XXXI

李度：

　　你说到宗萨四个兄弟各自来路，你怀疑，种种迹象显示，许多人猜测，既然这样，倒可以放下，不是一件事了，该怎么还是怎么，保持沉默，不要再议论他们……昨晚我去梅花碑找郭禹，只郭禹一个人正收拾碗筷，我一看，却有三个人吃饭的痕迹，我随口道，今天又做了哪个寺院的施主啦，郭禹回我说，不是过路行脚僧，是供养菩萨，已经六周了，我说，那待会拜见下，讨教讨教，郭禹说，师父散步去了，我们先泡水沏茶，这时候，我多嘴说了一句不该讲的话，门帘外有人大声说，"我就是假和尚！"

阿德先生：

8/12 函收读数日了，我也觉得文章的事不能仓促行事，故已去信台湾要求把文字部分交稿时间推迟到明年 12 月底。书早点晚点出来不重要，只是有一本比较集中的集子方便一些，拍反转片是件麻烦事。

我知道你手头事情很多，若你无暇写此文也不要紧的，集子里除了我的作品和文字以外，还需要有批评文章，才能放置在关联背景里面，较立体地展开，写评论自然不是评价某某作者如何而已，而是提示问题，和观看、思考的方式，否则于笔者、作者、读者何益？美术界一些批评家就有这种问题。

刚从巴黎回来，信中夹带一张明信片给你，"八思巴鎏金铜像"，听说是拿破仑从东方掳来的，一定有故事。

宗萨：

（前页缺）……清规，久已失传，后来元代皇帝《敕修百丈清规》都是假托百丈之名修出来的，到了明代洪武、永乐先后下旨推行，这种世俗帝制搞出来的僧人清规，我觉得根本不可取，根本是"无明"，自我禁锢而已。

还有"过午不食""吃素吃荤"，以前比丘过午不食，两个原因，一，比丘的饭食是由居士供养，每天只托一次钵，日中时吃一顿，可以减少居士负担；其二，过午不食，有助于定修，这个制度有的寺庙仍在实行，最严格的只能喝白开水，连牛奶、茶都不能碰，但是一般僧人，特别那些禅宗僧人，自古以来有劳动耕种习惯，晚上非要再吃一顿饭，也是常例，不奇怪。

汉族僧人是信奉大乘佛教的，他们受比丘戒之外，还受菩萨戒，所以汉族僧人乃至很多居士都不吃肉，从历史看，汉族佛教吃素风习，是由梁武帝提倡才普遍起来的，不过，藏族和蒙古族虽然也信奉大乘，可是他们的地方蔬菜极少，不食肉不能生存，因此都吃肉食……总之，佛教智慧与规制既是严格的，同时又圆融，而非死板。

阿德：

　　我写给你的信，近半年少了，这不怪我，你想，我总是想方设法说点有趣的事，你呢？你回我的信，洋洋洒洒，全是你家里的烦心事，我非但一点儿忙都帮不了，还把我扯进去，这心情弄的……中国人的格言，"哪个家里没有难念的经"，你向我倾诉，你知道我最怕家长里短鸡毛蒜皮，我好不容易从后门逃出去，你却从大门闯进来，嫌我不够烦？

　　你真的不可救药，渺无希望，你的趣味呢，真够惨的，命运就是这样为你安排了一个喋喋不休的太太，原谅她吧，没事就往外面躲，其实就躲在我家叹息，我叫你想开点想开点，你就啰啰嗦嗦无休无止……

　　你看，我一写信给你，我就晕，简直不能知所云，要发神经病，或者要担心你要发神经病，好啦，我明天动身去丹麦一个月，到时候我会写明信片，你不必回信，我带了两本书陪伴我，一本《或此或彼》一本是施特劳斯《忧郁的热带》，随手拿的，怕沉，只带两本。

　　家里好吧，估计蛮好，如果又烦了，可以徒步到我家来，然后，按门铃，最后，不舍地转身，慢慢地回家去……

曼达：

见到一本奇书，罕见的，当然你更不会读到它，书名叫《撒马尔罕的金桃》，一个美国人写的，讲唐代故事，我之所以很兴奋地告诉你，是里面讲到了"香料"，对，就是女人最迷恋的香料……我现在顺手翻一页，来了，是"沉香"，李贺为这个沉香专门写了一首绝句，你看啊："袅袅沉水烟，乌啼夜阑景，曲沼芙蓉波，腰围白玉冷"！惊艳吧……再拈一个，"紫藤香"，一个道士为它赋诗，将这个香与长生药相提并论："红露想倾延命酒，素烟思爇降真香。"诗味略平庸，药味却浓郁啊！

我现在要试试劝你到阿姆斯特丹来，你也许认为我是突发奇想，难道不是吗，你千万不要笑，我是认真的。

曼达，后天，大后天，都行。

星期五。

就看你了。

大概。

确定吗。

可以。

我也可以。

这是啥？

打开。

诗？

日本人写的诗。

女的。

对。

谁？

与谢野晶子。

你读。

你来读。

"我捧着，

乳房

轻轻踢开
神秘之帐
红花浓艳

春天短暂
生命里有什么
东西不朽?
我让他抚摸我
饱满的乳房"

XXXVII

（塔塔笔记）

……番茄红素，防紫外线

皮肤癌 衰老 / 自由基

浆果，蓝莓，草莓，葡萄

（花青素）有助记忆，

注：对记忆好的人无效

喝水的神话

食物中的水，大于需要的三分之一

蔬菜汁 / 叶黄素（排毒无效）

菠菜—黄色素

黄斑病变

防止视力衰退 肝和肾

猕猴桃

A. 生物学：爱与恨的联盟

相像性 欣喜与摆脱

生命体的活质，免疫力

变异，适应性，系统调整

传染 // 激活素

B. 死亡即更新

腐败的生命体征

萎缩，停滞，衰退

自我摧毁

自我确认危机

遗忘和基因，密码紊乱

C. 再生：异地繁殖

"托形"而生

"寄生"

合群，混居，杂交

流行病与"疫区"

塔塔：

我回到房间了。回到房间就是回到世界。

大街使我陌生、局限、无意义。

把一种瞬间经验写下来，就意味着永远地占有了它。

好像是卡夫卡说的：我有一份委任状，但并未来自任何人的授予。

为了一个伟大目标而荒废一生吧……

他们总是不断买票，却永远搭不上班车；他们不断受骗，却又相信骗子把责任推卸给无关的人。

苏格拉底说，人的最后幸福就是整天与人谈论"美德"，好像这句话是舍斯托夫说的。

我拼命想要做出很内行的样子，其实我什么感受也没有。

只要保持沉默，准能够把氛围搞得非常凝重。

不说话至少比较得体。不能是一种深思熟虑。

被注视的存在，他们注视我们。"我们"意味着相互承认。

团体性异化。

"最后变成观众的一瞬间，我们介入了。"

你还是来了。

是尼斯，不在摩洛哥。

没区别吗？

哦，这是你家人。

琳达，过来，我介绍一个朋友。

我是曼达。

叫我艾琳达。

艾琳达。

你喜欢这黄昏海面吗，浅红色，眺望。

当然，艾琳达。

哦，你们会成为好朋友的。

你怎么知道我们在这儿？

我知道你们的酒店。

住下来吧，曼达，很亲密的，我们大家。

合适吗？

我们先来看落日吧。

前面向你们挥手的两个男人……

嗯，是艾琳达男朋友，那个，对。

另外一个呢。

我不知道，问她。

你丈夫和孩子怎么没看到？

他在打牌。

嗯，他们过来了，中间这个孩子就是蒂姆。

我发现这两个男人的眼睛都盯着曼达。

甚至，蒂姆也是。

（宗萨笔记）

　　……苏莱曼写的八世纪阿拉伯文写本中，提到了公元851年一个镌刻在医方的最早石柱，但是在中国，已知的最早药方石刻是公元575年，就是北齐武平六年，龙门立的一道石碑，这块碑是由佛教徒捐资竖立的，见鲁道夫的考据……

　　鲁道夫在另一处还说，九世纪的阿拉伯人阿布赛义德报道，唐朝某公共场所的一座巨碑，镌刻常见病及药方的传说，似乎是一种唐朝政府公共卫生宣传，榜示于村坊要路。

　　开元十一年（723）唐玄宗御撰《广济方》颁示天下，德宗贞元十二年（796），也曾亲录《广济方》颁于州府，云"朕令郡县长官，选其切要者，录于大板上，就村坊要路榜示，仍委采访使勾当，无令脱漏"。这两则见《唐会要·84卷》，这与阿布·赛义德的记录几乎是完全可以对上的。

曼达：

　　楼梯通向一楼，眼皮半开，想写一页纸，最多写两面，反正是一张纸，可以塞在裤兜里，折起，算是见面礼，我的文字，刚才写的，刚刚的时间，都为了你，曼达，一个影子，微笑，她会说什么呢，第一句话，问候，笑笑，两个人走近，都不说话，都笑笑，然后，可能是我，也许是她，说，笑什么呀，或，为什么我们会同时笑，你猜，不，你先猜，不要不要……雨已经停了，空气冷些了，天空透蓝，我说什么了，我摸裤兜，摸到的是一串钥匙，不应该害怕，牙科大夫转过头，说，你摄片显示，你的牙根没有畸形，很好拔除，但是，我得为你做一个小小伤口缝合手术……我无法说话，我嘴巴一直张开着，我只能"嗯嗯"地示意，麻药注入右下智牙根部时，我意识到我苦笑了一下，把视线投向天花吊顶，窗帘，天空，一小块灰蓝色天空，想象底下散步的人，嗯，我不应该害怕。

　　是的，我似乎害怕的并不是拔牙，而是，曼达……

陶尼居士：

（前缺页）……大内宫城之北，北临渭水，禁苑是一座巨大的苗圃和庭院，开元唐玄宗发动过一场美化唐帝国北方大都市的运动，要求"两京路及城中苑内种果树"，《旧唐书》里面有记载，金桃银桃不是唐朝由西方引进的唯一果树，比如"枣椰树"就是波斯的物产，天宝时候，位于里海附近陀拔了斯单国国王向唐朝贡献的"千年枣"就是枣椰树啊。

特别要说的，是"菩提树"，唐《册府元龟》记载贞观年间一位印度国王向唐太宗贡献了第一棵菩提树，六年后，摩揭陀国又贡献了一棵菩提树，描绘说这树"叶似白杨"及"一名波罗"，波罗的发音，是梵文"觉悟"的意思，后来的故事，大家都耳熟能详了。

XLIII

三叔：

　　……我又路过你家门了，迟疑了几分钟，是的，我没有按门铃，我知道你在家，你窗子全敞开，我甚至能听到你在房间里来回走动的脚步声，你还在使用那只老电唱机，它仍在你椅子上，你还是坚持听胶木唱片，我虽然也喜欢，它转的时候，房间都转了，永远，我父亲照片还挂在墙壁上吗，我每次来看你，总是先看看他，于是，你也站过来，站在旁边，于是，我马上坐了下来，看窗外的天空，看看对街，对过房子，来来往往的人……我还是决定，今天我不按你门铃了，我想回去，写一封信给你，然而，到了黄昏，把信扔进邮筒里，让它安安静静躺在黑暗的邮筒中，躺过一个晚上，第二天，这封信和其他信混合在一起，被分拣出来，再由某个邮差把这封信，明天中午塞进你邮箱……

　　三叔：我知道你痛恨我的祖父，我问过我父亲，我父亲不愿说，含糊其辞，偶尔，我妈妈讲过一些，现在，祖父去世都三十多年了……

　　这些天，我一直住老房子里，老房子的老邻居，大部分都去了天堂，年龄轻的，多不认识了，我突然觉得，在他们眼里，我都成了这条街的陌生人了……

我一切如常，前些天李度他们和我喝酒，大家轮流说，哪个年代最开心最值得怀念，我说是世纪末之前那个时光，现在想起来最幸福，他们问为什么，我说，因为那个时候，我天天可以在街上看到我爸爸和妈妈……

素梅姐：

　　……我半夜做了一个梦，梦中太阳升起来了，我和拉拉往外跑，大家都很慌张，大屋子空了，我想回去拿东西，我的照相机，拉拉说，棕熊下山了，你不要命啦，我迷迷糊糊说，从哪条路逃，拉拉说，就朝着太阳光跑，我说，那就是朝山上跑啊，拉拉说，对呀，不行，她们都说棕熊下山了，我们还往山上跑，不是送死吗……这时候，我们看到前面一个大屋棚，围了嘈嘈杂杂许多人，我在想，她们怎么还有时间看热闹呢，这时听到有人喊"狮子发怒了"，接下来人群就散开了，全对着我和拉拉的位置狂奔过来，于是我们就慌不择路拼命跑，耳朵边有人说，昨天下午有人开枪打死了一只小狮子，老狮子复仇来了……我害怕极了，因为我想起前几天做过的另一个梦，我在树林中一条大河边看到两只幼狮在喝水，我隔岸拿出照相机，嗒嗒嗒按快门那声音就像连续射击，一个影子突然狂暴地扑倒了我……这时候我大声叫喊起来了，我拉亮电灯，叫拉拉，拉拉的床是空的，窗外有狗吠，满天星星，我披上被子，回想刚刚做的梦，这个梦太不好理解，倒不是什么我迷信坏兆头，隐喻啥的，复杂的是这个梦的形式：这个梦由"两个梦组成"，第一个梦是我遇上棕熊，第二个梦是我在梦里回忆前几天的梦境，结果，我清醒于第二个梦。

素梅姐，好奇怪哦……

XLV

拉拉：你好

感谢你真正友爱的信，药寄到了，他们放在供销社了，请放心，半个月能收到邮包算是很不错的，你还打了数次电话追问，这是关心我。

昨晚通电话时，我喉咙疼，没说清楚，现在花点时间说一说，我本人仅两次亲见由藏族喇嘛从事的心理治病临床，第一次是在许多年前的澳门，一名受眼疾之苦的广东男子面对我而接受一位声名显赫的喇嘛作治疗处置，此人当时正在经澳门到加尔各答到南京再到拉萨，这名喇嘛低声念诵了一段神咒，并向病人眼中吹气……据我在数日之后听到的情况来看，这种处置产生了良好疗效。

在第二个例证中，我本人是患者，数月之前，当我在曼谷的花园中旅行时，我非常倒霉地于眼中弄进了一滴带毒的仙人掌液汁，疼痛得坐卧不安，我确信自己视力将会受到严重损害，由于一种奇特巧合，两年多从未拜访过我的曼谷那位唯一的喇嘛却于次日找上门来了，他也念了一种神咒，并向我眼中吹气，数日后，中毒征兆已经消失，我视力完全恢复了。

喜马拉雅这个地区常常出现一些奇特故事，我本人是医生，我都觉得令人难以置信。

曼达：

　　给你写信，而且，是写一封无法投递的信，有多么疯狂，致一片风中的雪花，一只蝴蝶，我没有我自己吹嘘的那么好……天色渐渐暗下来，毫无办法，你走了，想象力苍白无力，好冷好冷北方寂寞，我像一株无根的白杨树，你一听就知道我是来自北方的狼……再过七个星期，如果天气宜人我姐姐身体康复，我一定要陪她去一趟大昭寺与拉卜楞寺，菩萨保佑吧，姐姐在这个状态下执意离家远行，既然她一定要拼命一试，我只有奋勇向前……曼达你在哪，在哪盏灯之下，踩着哪块地毯，又把你影子投向哪个陌生房间角落？隐约看见了，你的帽子、纱丽、毛毡靴与你光光的脚……

XLVII

……不关我事，这不关我的事，我好像突然间从噩梦中惊醒，怎么会在这儿看到她，有多少时间了，那个人是谁，看不清，他和她似乎根本没有看见他一般，近在咫尺，曼达躺着闭上了眼睛，摆出一种准备接受施虐的姿势，完好无损地躺着，停格了，她成了一个器物，雕塑，气泡……他尝试叫她，叫她名字，他感觉已经叫喊了，但是没有任何声音，他看着倒置的曼达在缓缓转动，踝骨，小腿肚，袒露的脖子，短上衣拱了起来，他依稀记得她以前说过她是"间谍"，也许真的，她那么无动于衷，她好像好严肃，忧郁，甚至有些哀伤，完全不像一个引诱者，受惊过度，放荡不羁的，光线非常暗，他看不清晰，那个男人变成了一团灰蒙蒙的物体……

XLVIII

拉拉：

　　先说卫姑娘，我只见过两次，一次人很多，吵吵闹闹，是一个茶舍，我来得早，卫姑娘是后来，一群女人，没有谁招呼，好像彼此都熟悉，我却记得十分清楚，印象很好，脖子好看，很美，但不知道她就是卫姑娘……第二次见面，我就立刻认出她是卫姑娘了，那晚是，对，去年底的平安夜，她真是光彩照人啊，可是，可是不幸，正在卫姑娘到处旋风般招呼那些陆续抵达的客人纷纷脱外套彼此寒暄时，突然，全场安静下来了，我问身边一位叫马修的美国人，那个女人是谁，"曼达"，马修轻轻回答，我发现，几乎所有的男人和一半的女人，都将目光集中到那个叫"曼达"的女人……

　　拉拉，你说你看了曼达的照片，你说你不觉得她很漂亮，至少，不像人们传说中那么漂亮，拉拉，你既然不认为曼达很漂亮，为什么来问我呢，这才是关键，这么说吧，曼达并不十分美丽，但娇小奇妙，惹人喜爱，传说她快有四十了，嫉妒她的女人们都猜曼达只有三十岁，看上去，她的脸蛋就像一个精力旺盛的小姑娘，栗色头发，她对什么都感兴趣，她所到之处，始终在微笑，一种不掩饰的目光，对所有人都一样友好，她可以接受一切男人包括刚刚认识的男人的调情，她无所谓，好像并不谨慎，不需要谨慎，因为她一直是透明的……

怎么啦，拉拉，是不是……哦我知道了，曼达是你的情敌了！

阿德：

……去北欧的一大不适，是"长夜漫漫"提前到来的"时差"，现在哥本哈根当地时间已经是上午将近九点，从旅馆二楼往下看，街灯还全部亮着，这个天色不好说是黑夜，远远的，是一条拂晓般的灰色光芒，却就是那个日出，迟迟地不肯露面，这里是市中心，往来的车辆已经不少了，我下楼两次了，一次吸烟，第二次买了面包卷和咖啡，再吸了一支烟，面包店门口有好几个过路人站在街沿吸烟，四五只烟头闪烁起伏，煞是奇观。

昨晚八点散步，市政厅和蒂沃利公园之间看到一座几乎可以说十分巍峨的雕塑，走近，果然是安徒生，旁边车水马龙喧嚣非凡，导游图上说，如果对克尔凯郭尔感兴趣，建议去一趟吉勒莱厄，那儿有一条街就叫"克尔凯郭尔街"，有照片，砾石路，极安静，是啊，北欧哪里不安静啊，想想算了，今天下午我准备带一束花看看城中阿西斯滕斯公墓，在克尔凯郭尔墓旁边木长椅上吸几支烟吧。

香水还是不带了，怕烦，我看不懂牌子，特别是液体……带些雪茄如何，稍懂一点。

转告家葆，我一周后回来，不给他寄明信片了，收藏这些东西有啥用？

大愚：

　　为什么，为什么，男人就爱说"我是独特的"，结果很快，很快就变成了一点都没有独特，连毛病都没有特色。

　　大愚，让我这样叫你，把你跟别的男人分开，我不明白，难道你们男人真的就不知道我们女人恋爱时候都始终是这样笨的吗，说女人脱离现实，是因为你们个个自以为自己很了不起，反过来，一百八十度大转弯，批评我们女人太现实，太物质，好像你们的精神世界一个个都那么浪漫，不论谁，初见我们全恭维我们，受到男人赞美，其实完全没有兴趣了解我们，有耐心，长不了，想着无非哪天能够抱着这个女人睡觉……为什么，男人的"爱"与"色"总是分不清呢，我昨晚上试探问，你会为了我而离婚吗，你回答说"这样很好吗？"明显的，你回避这个话题，我说我只是说说而已，你马上又来一句："对你简直没有办法！"

　　以前，一个算命的，看了我的手相，说我"无定缘"，我问，无定缘，是一生一世单身吗？算命先生说，除非"定终身"，我再问，这不是自相矛盾吗，我问的是"命"呀，算命先生想了想，说了一个字：这要看你的"运"了。

　　所以大愚，就为这，问你：你是不是同我一样的命，也是"无定缘"呢？

塔塔：

你在榆次老城寄来的大红枣送到我学校收发室，这么一大包，还好，不是新鲜荔枝啊，太多了，可以分给学生尝尝，谢谢塔塔。

晋中这个地方我是第一次听说，榆次，也是你告诉我的，生病中，我查查历史，还是隋代的重镇，头一晕，就扔下了，说实话，我对历史没有什么特别兴趣，特别是中国历史，见到你之前，我对历史的兴趣仅限于电影，而且都是外国电影，一些老电影，还有拍二战的战争片，中国历史片主要不吸引人，现在好多了，因为你的缘故，你又会说，你一说起历史就变了一个人，我慢慢对历史有点好奇就是因为认识了你，不过，我当之有愧，我没有什么话题跟你讲，我的事都非常琐碎，中学教学更没啥意思，不知道。

前些天病中，想你，心情很郁闷，你总说我好，我觉得，你似乎把我估计过高，我觉得你会对我失望，是不是，我总是问你，是不是，你只是要我，我也要你，所以，我们才彼此想念，你说，我听，然后，我们彼此要……是这样子的吗，真相是这样子的吗，塔塔，我爱你，要你要你我真傻！

塔塔宝贝：

再过一星期你就必须交稿了，我等你，和你共度的三天如此的完美，轻松，快活，简直像是逃亡……我不想改变你，我的塔塔小宝贝，那个三天三夜是你我的，是你教我的，不要说"我们"，要讲"你我"，你是小坏蛋、坏孩子，天生的调皮捣蛋大王，你说啥都好，沉默也好，你说你有个妹妹，她像我，我根本不信……现在才四点，凌晨，一个人住在这里，没有人知道，除了你，深居简出，等到咖啡喝完，我周围，全是你气味，我全部，好像，没有能力去感受另外一个男人了，除非你气味散去，清晨快了，特别感觉到清晨寒意，把双腿抬起，用毛衣裹着，抱住双膝，等待天亮……手指僵硬了，我在给你写信，其实我坐于床上，被子裹着我，我想象你现在紧紧裹着我，就像我裹着你……

（前缺页）

　　……我意识到我不爱说话了，我不想多说什么，连解释都不用，陈述自己观点多此一举，而我观点正在远离，有些时候，好像脑门一热，意欲插话介入讨论，还未张嘴，即已词穷，怀疑它，它不属于我，它很陌生，它是遥远的"他者"，那一瞬间，我已被抽空，我发现我开始对语词特别敏感，一种不信任的敏感，一种失恋般的"语词忧郁症"，它的症状是少言寡欢，人群中的走神，我好像脱节了，天晓得怎么会这样，而最不可思议的是，我一点儿不担心我语词忧郁症会影响与人们的交往，甚至认为这是我企盼的……

　　还有，如何与当下的生活相关，谈了太多，知识、怀疑、传统和价值观，这些问题最终要回到一个最古老的问题之一，就是，《旧约·创世记》中有关堕落的故事，亚当和夏娃，他们本来是与自然和周围世界和谐相处，但他们缺少一样东西：知识。

亲爱的陶尼：

告诉你，杉本博司这两帧照片吸引了我好久，我翻拍了决定把它收藏，真疯狂，从一本书上翻拍，就为它触发了我无边遐想，空的银幕，像开了老虎窗一样大窟窿，却看不见天空更不要说看见云彩……一个凡尘与乐园被挖走的噩梦，故事与记忆突然丧失时刻，我知道我要什么了……房间里的"空界"，我杜撰的一个词。

记得，左是波士顿艾佛勒特剧院，右是同城富兰克林公园剧院。

接下来，我再告诉你，我不能写下关于米沃什的回忆录：太多太多，让我隐藏于他的生命里多好，此外，他是一个狂喜的诗人和狂喜的人，我们永远不会真正懂得这样的人，他们往往藏起他们欢欣伟大时刻，他们从未与他人分享他们突然之间有所发现的短暂欢乐，以及幻象消逝时的悲伤时刻……他们则在孤独中壮大，和朋友在一起时，他们通常举止恰当，为人慎重，像别的人一样，他们就像我们有时在平静的港湾里看到的大船：斑斑锈迹覆盖了巨大的、固定的钢板，几个水兵在甲板上懒懒地晒着太阳，蓝色衬衫晾在一条绳子上，没有人会想到，这艘大船，曾经与飓风搏斗，勉强幸存于大风浪的冲击，唱着刚强的歌，不不，我仍然还是并不十分懂他……

魏牧师：

儒释道法墨是中国传统文化，鲁迅说，辫子小脚太监也是中国传统文化，你要复兴什么呢？

不然，你作为牧师就是误人子弟。

我没耐心，假如我在你的教会受牧养，一定会离开。

中国文化博大精深，周礼，秦制，商君书，孙子兵法，连坐制，诛九族，等级制，妄议朝政杀，群起聚众杀，私刻出版杀……

魏牧师，从你观点看，你对中国传统文化毫无反思。

是，把中国传统文化嵌进《圣经》中，那是绝对不能兼容的。

前提必须弄明白，它的模式。

譬如人们是否为国操心。

并不是家里的东西就是对的。

读读鲁迅，尽管他不是基督徒。

保重。

（大愚笔记）

　　"既成事实，已然存在。"

　　"将真相、真实与真理统统拒之门外。"

　　"诗人无答案。"

　　"国王与王后正在全世界旅行。"

　　"没有有效护照。"

　　"一切如常。"

　　"女人在前，男人在后。"

　　"踏进黑暗就是踏进光明中。"

这样会把眼睛搞坏的。

好好。

你在读什么？

犹豫。

啥？

犹豫，书名叫《犹豫》。

好奇怪。

你指什么？

再过三天，你等我。

啥？

没问你。

有你一封信。

错了。

我站在这间阴冷的屋子里，要等多久？

我出去张望一下。

求求你！

她一直在哭泣。

那边的大街上好像洋溢着一点节日气息。

第四位客人，正是主人。

你脸色不好。

他拿出一本记事簿，翻开，写了几个字，小心翼翼地合上了本子。

第二个进来的那个，叹了口气。

她没有停下手中的活，也不抬头。

嗯，简直太美了，她说。

对面房子究竟发生了什么事？

你指什么。

把蜡烛吹灭吧。

阿德：

　　……说起来，梦与写作，只有弗洛伊德一个人是对的，其他人都在想当然，望文生义添盐加酱，弗洛伊德打碎了梦的千年神秘，梦从来不是缪斯也不是酒神，梦是压抑而非显示，是遗忘而非想象……弗洛伊德的意思跟那些胡扯的小说家完全相反，他是说，只有人们先前已经忘记，而在多少年以后才加以回忆起来的东西，即那个沉默了很久的梦，那个要素、隐喻、变形的象征，或当事人的欲望的种种表现中的核心要素之苏醒，才是似乎很神秘的写作重要力量……弗洛伊德的解释中心是压抑理论，或者说是无意识的但却是有意图的遗忘理论，绝不是浪漫主义理论变种，梦之于小说家从来不是一块廉价馅饼。

　　一个人为大众写作唯一的合理解释就是他被他的文学天赋召唤，开始写作，小说的本质不为其他服务，只服务于小说本身完美，任何天赋都意味着无尽的责任，天赋本身就是个谜，你平白无故得到它，你觉得你完全不配拥有，而且你似乎永远也不知道你要拿你天赋来做些什么有用的事情才好，一般而言，所有艺术家都必须丧失很多无法挽回的东西之后才懂得如何不昧良心地运用这个天赋……这段话真像我写的！

家葆：

……商人逻辑最人性，比尼采的太人性更人性，不要相信那些哲学王，假装的，概念狂热分子，他们不如冷酷无情的政治家呢，政治的肮脏，世人皆知，戴哲学面具的教授却一直带有欺骗性……

古尔德有一天，在纽约运动场听到两个女孩正在聊天，话题关于狗的大小，其中一个问，狗能像大象那么大吗？她的朋友回答，不能，要是狗像大象那么大，它看起来就像大象了……后来古尔德回想起往事，觉得那个女孩说得太对了！

我不主张你也养猫，说个小历史给你，解解闷，"弓形虫"与猫科动物几百万年前就已订下了秘密协议，据说前者让猫科动物享用美味，而弓形虫则能在后者肠道里完成繁殖周期……九千年前人类的祖先向猫敞开大门，虽然猫很少把弓形虫传染给我们，但是它们的粪便污染了食物与环境，我们最后会被食物中的弓形虫感染，有上百项研究表明弓形虫能让人发疯，法国患有精神分裂症或躁郁症患者，百分之六十到九十都检测出了弓形虫……如果你热爱猫，下一次当你和猫洞悉一切的目光相遇、瞥见它们尖锐的犬齿时，请不要忘记它们的祖先在数百万年之前秘密签署的协议，那个时候地球上还没有人类……

我是上星期五回来的，这个城市被废墟包围了。

阿德：

我还是回到阿姆斯特丹了，冰岛火山爆发，大半个欧洲航班都停了，等吧，我反正没什么紧要事，局外人。

忍不住，要对你说说克尔凯郭尔，以前迷他，是为文字，冗长、夸张，他的表达，是为他需要"走得更远"，这回巧了，在公墓碰到一个爱尔兰诗人，整个下午，两个男人，两束墨菊，下面的故事，都是这位皮尔士说的，关于克尔凯郭尔轶事，或叫"八卦"。

克尔凯郭尔出了名后，丹麦国王昭告国人要见他，他不想去，他害怕与国王有任何密切的接触，为此，克尔凯郭尔找个托辞，说他没有合适的装束，因此不能来，但国王坚持，我们的哲学家不得已拜访了皇宫，最后，国王没有征询哲学家的意见，就告知仆人要哲学家留下来用晚餐，这是多么大的荣耀啊，可是，国王的邀请被他相当薄情地拒绝了，至于理由，克尔凯郭尔只说了一句话：他是个喜欢安静的人。

信中夹了一页丹麦人的手稿复印，算是礼物，他 1837—1838 年的日记。

哦，电视节目说，法兰克福机场滞留的旅客已经超过几万人了，我的上帝！

（欧博士：零星研究）

……九世纪圣高卢修道院的诺克特记载的轶事，一位不善于布道的主教想要通过一顿丰盛的晚餐，拉拢前来监察的国王特使，"弥撒结束之后，他们走进了一个铺着地毯和各种桌布的大厅，那些装在镶着宝石的金盘银碟里的丰盛食物，刺激了正在忍受着无聊和厌恶的肠胃，主教自己坐在了套着丝绸的最柔软的鸭绒靠垫上，身上裹着皇帝紫袍，他缺少的仅仅是君主的权杖和国王的头衔，他周围是一群最富有的大臣……他让最内行的音乐大师演奏所有的乐器，他们的歌声和乐曲能够融化最硬的心肠，甚至莱茵河里流淌的波浪都屏住了声息……各式各样的饮料，掺入了不同的佐料和配料，用香草和鲜花编的花环装饰着，金子和宝石闪闪发光，红色光亮又都折射回来，所有的美味都剩在了盘子里，因为腹中已经塞得太满，面包师、烤肉师傅、大厨和做香肠的师傅，用高超的手艺做成的佳肴填满了他们的胃，就连查理大帝都未曾享受过这样的盛宴……"

不久后，圣徒、奥格斯堡主教乌勒里希，在复活节斋日结束的星期日也摆了三桌丰盛的宴席，在场的传记作者为此竭力强调宗教的和骑士的背景，"在限定的时间里出现了许多演艺人，他们按照名气排列着，几乎站满了大厅的廊台，他们上演了三段小歌剧，当歌声响起的时候，教士们在主教的手势指引下，端起了颂扬的饮料，他们对唱着，赞美主的复活……"

LXII

（欧博士："零星研究"）

……艾因哈特谈查理大帝，说他虽然极少举办盛宴，但有一些节日一旦举办，参加的人就非常之多……查理举行庆典需要一定的理由：婚礼、王位加冕、一次远征的归来、一次征战的凯旋，尤其是大的宗教节日，最为特殊的，是在宫廷里为年轻的骑士举行的授剑仪式，华丽和秀美一向是宫廷生活的一种想象……十世纪，留德普兰德受命于国王出使拜占庭帝国，他对那里的金碧辉煌赞叹不已，他记录了宫殿里镀金树上人造的小鸟，高高在上可以旋转的御座，以及能够移动的狮子塑像，宴会上按照罗马人习俗摆了十九张餐桌，艺人和杂耍者，小丑，穿着引人注目花哨衣服的变戏法的人。

诺特克写的《戈思塔·洛林》中除了小丑，还写到了一个吟游诗人，他讲故事，演唱自己写的和他人写的诗歌，或者是一个音乐家，会演奏自己制作的乐器，最受欢迎的是竖琴、琉特、小提琴、笛子。

十二世纪，进入中世纪宫廷的乐器已知有二十九种：钟琴、管风琴、圆号、定音鼓、齐特琴和单弦的定音器等。

从十二世纪起，宫廷小丑已经有据可查了，到了中世纪晚期，小丑都穿着怪装，拿着一个带玻璃球的权杖，他们散播宫廷流言蜚语，是最早的造谣者，也是揭露真相的人。

LXIII

（阿德摄影笔记）

假如，我一直带着相机，不是热爱，而把世界抛下。

拍摄一个身边走过去的女人，那种飘忽不定的邪念……

腐朽足以激发我。

所谓摄影，就是将死或已死的世界涂上了历史的香油……

不好，陈辞滥调！

拍摄一个人，根本无须了解这个人更无须探知他的内心。

通过摆拍，行为举止一丝不苟地恪守礼数，至于其他如何，那个摄影者是不管的。

他们是古代人呢，还是相反，他们是未来之人呢，随你定义吧！

被一抹光线笼罩，淡色、空茫、皇宫、陵墓……帝国之夕阳穿透一切，永续之帝国薄得只剩一层银盐相纸……

崩溃就是新王朝形态，是不是？

LXIV

（阿德摄影笔记）

罗兰·巴特有一句话，至今我还不清楚它的意思，或者是没有给出理由，这句话出现在《明室》第一页……他是这样说的："我公开宣布，说我喜欢摄影，不喜欢电影，可我又无法把摄影和电影分开，这个矛盾就这样纠缠着。"

然而，罗兰·巴特开始叙述他的摄影观与摄影感受，从"照片的特性"到"被驯化了的摄影"一共四十八节，统统谈摄影，却没有一句涉及电影，为什么？

很吊诡的，巴特既然"公开宣布不喜欢电影"，为何不说理由呢？

（欧博士："零星研究"）

施特拉斯堡 1605 年把冷杉树弄到房间里作为圣诞树，上面挂着玫瑰、彩色剪纸、苹果、圣诞饼、彩金纸、糖果……真正给儿童礼物是十九世纪，节日就像恩赐的滥用，大人装扮成天使、牧羊人、以及孩提时代的耶稣，他们总是胡闹，不肯中规中矩的，青年人在这个时候非常吵闹，喝得烂醉，他们挨家逐户唱歌，并得到礼物，大唱圣诞歌，政府并不怎么赞同这个风俗习惯。

尼古拉日与新年习俗，加上"三王来朝节"常常和基督降临节及圣诞之间的节日一并庆祝……"三王"又称"东方三博士"，来自希腊语，是古波斯拜火教祭司的称谓，根据《马太福音》，耶稣诞生之时几位"博士"在东方看到异星，寻迹而来朝拜耶稣，呈贡了黄金、乳香与没药三样礼物，后人故称"显现节"，耶稣曾三次向世人显示其神性，第一次是在诞生之时，有三博士朝见，第二次是他开始传道时，代表"圣灵"的一只鸽子落在了他的身上，第三次是在一个婚宴上，他把水变成了酒，显示了他的荣耀。

LXVI

致欧博士：

　　谢谢你的雪茄，你太隆重了，总之，我曾经想象过，我都过了五十了，某些时刻还想，一种激动、稀少的友情，并非来自某个老朋友，只有一点点，细心观察，我们往来，不卑不亢的，我都没有问你哪年出生，欧博士，大家都这么叫你，阿德把你介绍给我，他说有个十分不多见的"欧医生"，听说我，想认识，于是乎我们就见面了，那天你还记得吗，有两位女士，她们迟到，我们都同一个时间拿出了各自的烟斗，于是我们一起笑了，你看，才一年不到，你居然就把烟给戒了，是啊，那天两位女士驾到，一进门她们就说，欧医生来了，烟斗真好闻啊。

　　欧博士，你真的决定戒烟了，就像我二十多年前戒咖啡，是医生建议我不能再喝咖啡，那叫过敏体质，禁忌。

　　我很想听你聊天，特别是人比较多的时候，有几次，我们两个人，你话明显少了，你学问这么好，强记博闻，几次想向你请教，你总是推辞，说你只会说笑话，你们都不能信，他们叫你"欧医生"你不敢当，叫你"欧博士"可以接受，读书，查资料，淘旧书，喜欢乱七八糟的好玩东西，不需要理由，就像听音乐不需要理由。

　　我们都被剥夺了，还要被剥夺下去，你讲得对，我那永远写不完的，零零碎碎的研究，太让人感到是一种奇遇，毫无保留，我们的方式不一样，但是我们把"那个事"看得如此的重，真正的开始，其实就是主动结束，就像我不再碰咖啡而你突然宣布告别一切烟草……

　　信写完后，顺便散步。

LXVII

（拉拉自述）

我三十一岁，大学毕业后，开始教书，离过两次婚，我要哭了，每次问我，我就忍不住哭，我都不知该怎么说……我想我有自卑感，离了两次婚，现在？现在没有男朋友，这很难做到，这对我的自尊是一个重大打击，可能是自信，我自己搞不清楚，我还能成功吗，事业？当然不，也不仅指婚姻，爱情？再做妻子，害怕，我不知道，第一任丈夫虐待我，还有一个孩子，维持了四年，结束了，很快又结婚，是大学同学，他也离婚了，真的，我不好意思说，八个月，这段婚姻是个梦，我无法取悦他，他是一个不肯谈心的男人，很安静，我们从来没有激情，甚至吵架都吵不起来，我太软弱，需要男人，我愿意男人需要我，我需要从男人那里得到一些新思想、新观念，同时又是躯体的，但是他没有，他不满意我有这个要求，他说我的第一次婚姻就证明我错了，我错了吗？

LXVIII

（素梅自述）

都说我看上去很随和，对的，医生，我觉得听上去有两面性，也许是的，我读过不少心理学的书，那些书，总是在暗示，把我们女人的行为和情绪装进医生的框框中，我去过好几家心理咨询诊所，就很抵触，真实的自我，谁知道，我内心深处很愤怒，不是，不是讲医院与医生，有水平高的，一见面就有数了，一见钟情，最后一位心理咨询师，美国犹太医生，我觉得他能看透我，我有点惊讶，给我催眠，放松，冥想，给我听音乐，回忆那些最不愿对人启齿的往事，他叫麦克斯，他说我"允许丈夫操纵我的生活"，这正是你的潜意识，正因为如此，你匆匆结婚，刚刚上完高中就嫁人，你潜意识地、有计划地失去了自我，你不再是原来的你，你慢慢成了你丈夫的附属物，所以情况越来越严重，麦克斯医生说，"假造一个可接受的自我"可能不是你丈夫所希望的，这个状况使你丈夫缺乏动力，懈怠，责任心降低，麦克斯他的猜测很准，他后来越来越拒绝我，我当然发现了，我就是为了丈夫拒绝我，才发生了问题……唔，我说到哪去啦，我丈夫，丈夫，其实是，唔，唔，我睡不着，三天了，麦克斯医生，第一次认识，第二天中午我打他电话，聊了四十分钟，你要知道，心理医生的时间是很昂贵的，是不是，是，我不知道怎么说，他约会我了……

LXIX

（阿德写的一首诗）

　　　"纵使这座城市将于今晚倒塌

　　　一只横卧的杯子

　　　血与咖啡

　　　布拉格在照片里变小

　　　圣诞树枯了

　　　卡夫卡旧宅旁边

　　　是舅舅冻伤的脸庞……"

LXX

致大愚：

……我看得很清楚，事实会证明，历史很少让人放心，历史教训在历史的作用，就是人们不会汲取教训，所谓教训，只是少数人以为的历史教训，绝大多数人，你问过了吗？

你推荐的斯特劳斯《亲属关系的基本结构》有趣吗，相信你，还是看你的笔记本省力，我手头是两本书，老书，卡西尔 1925 年的《神话思维》，另一本算是重读，这本小册子我重读了好几遍了：《国家的神话》，卡西尔的观点你我都不陌生，彼得·盖伊说，卡西尔在 1925 年还无法就思想的社会维度做出判断，这算什么话，是指卡西尔应该在阿道夫尚未发迹时就有了民族精神和原始主义的洞见，而此后的《国家的神话》只是为了纠正自己 1925 年的瑕疵！这个美国教授真讨厌啊……听说，卡西尔也是一个俗人，每天读报纸的体育版，关心经济新闻，关注二十年代疯狂通胀下的股市，那又怎样，凯恩斯他们都一样……阿道夫上台不久卡西尔带领全家开始流亡，他太太后来写的传记说，阿道夫的一份敕令中称"元首意志即法律"，卡西尔同事恩斯特说，如果明天没有一个德国法学家站起来反驳，那么德国已然沦陷，果然，第二天，整个德国万马齐喑啊！

亲爱的拉拉：

你刚刚打电话，他正在这里，他很缠绵，抚摸我的头发，我才洗了头，还没干呢，我为接电话，把吹风机关了，他贴住我的背脊，一只手，伸张五指，插入我的头发，散开，抖拂，安静且温暖，另一只手，用食指，在我嘴唇上轻轻移动，活生生的，他是自学的，我从没教过他……他知道是你打电话，他的手指轻轻按我的脊椎，痒痒的，你说话的时候，他就把一根指头伸进我的嘴巴，那是一种静止的半分钟，或两分钟，我穿着浴袍来回走，从这一头到那一头，我看看百合花，百合花谢啦，他像影子一样跟着我，你说话的声音很轻，好像，他根本没有注意我们在电话中讲什么，好像两个女人一打电话无非是另外一个世界，他只要摸到我的身体就足够满足了……

现在他走了，我并不要老是黏着我，甚至还不想彻底了解他（表面的了解还是必须的），为什么一定要了解？因为不了解才结婚，因为了解了所以离婚，医生讲的太对啦。

目前状况可以，晚上一个人去看电影，我不再一个人孤独一个人难过了……你能替我保守秘密吗，不要说我有男朋友了，事实上，我的确没有男朋友呀！

LXXII

（宗萨笔记）

……汉代之前，中国人所知道的孔雀只有印度孔雀，一则传说记载，某个现在还不能确定的西方国家曾经向周朝第二个国王贡献过这种美丽的鸟，这件事发生在大约公元前一千年的初期……到了汉朝时，中国人就已经认为孔雀主要是一种西方的鸟，孔雀的家园是在克什米尔和安息王疆域的某地……其后，关于孔雀的传闻可能是由过往的行人带来的，它另一端是意大利，他们已经把这种鸟作为餐桌上的珍馐美味……到了三世纪，中国人在南方发现了印度支那的绿孔雀，这种披着绿色和金属光泽的美丽生灵，就与香料、珍宝、象牙以及鹦鹉一起被带进了中国内地。

公元262年（吴永安五年），南方的吴国派遣了一位官员前往交趾，征调三千只孔雀，这次征发再加上交趾的地方官类似掠夺的行为，导致了一次起义，吴国派出的征发使节也在次年被杀害了。

欧博士日记残章 A

……六英里外的雷城，导游说那里有一座中空墓塔，租了两匹骆驼费了三十美元，炎炎烈日下，墓塔下半部都垮了，再往前走，在瓦拉明看到了一个墓塔比较精致，加了十美元，导游谈兴很浓，抬起头看着太阳说这里是他老家，已有三千多年历史了，瓦拉明那个清真寺可以追溯到十四世纪，从远处看，它像一座倾斜的修道院，对了，像丁登寺，只是圆顶取代了尖塔，整栋建筑用寻常的浅褐色砖块建造，坚固，朴实，比例匀称，寺内有一面灰泥砌成的长方形的壁龛，面朝麦加方向……不知道什么原因，整个设计显得粗糙凌乱。

次日，我们在平行的两座山脉间，笔直地驶过一英里又一英里，苏丹尼亚的圆顶隐约出现在沙漠边缘，要到那里，我们必须穿越一整片灌溉区，那是一个截然相反的波斯，距离大路才不过几英里，摩登的巴勒维帽就被头盔式的传统帽子所取代了，和波斯波利斯城墙浮雕上的帽子一模一样，大部分的村民操土耳其语，我们从茶店里买了一碗奶酪和一片大得像帐篷般的面包皮，接着进入陵寝。

这座伟大建筑是 1313 年在蒙古亲王完者都督导下完成的，高约百英尺的蛋形圆顶耸立在巍峨的八角楼上，八根尖塔从八角楼胸墙上的八个角端拔入天际，拱绕着巨大的圆顶，陵墓砖材是桃红色，不过尖塔一度覆贴着青绿瓦，在这片散压着泥砖小屋单调沙漠上……

这个建筑风格，让我想起佛罗伦萨建筑师布鲁内勒斯，大教堂圆顶是他的杰作。

（大愚笔记）

"君主如果被认为变幻无常，轻率浅薄、软弱怯懦，就会受到轻视，因此他必须像提防暗礁一样提防这一切……他应该努力在行动中表现坚忍不拔。"

"他所做的决断应该是不可更改的。"

"谁都不要指望欺骗、并且瞒过他。"

"一位君主应当十分注意，千万不要从自己的口中溜出一言半语不是洋溢着上述五种美德的说话，并且注意使那些看见君主和听到君主谈话的人都觉得君主是非常慈悲为怀、笃守信义、讲究人道、虔敬信神的人。"

"由于群氓总是被外表和事物的结果所吸引，而这个世界上尽是群氓，当多数人能够站得住脚的时候，少数人是没有活动余地的，当代某一位君主（我现在不便点名），除了和平与信义之外，从来不宣扬其他事情，但是假使他曾经遵守其中任何一者，那么，他的名望或者他的权力就不免三番四次被人攫取了……"

大愚如晤：

周三谈得高兴，见面谈不会出误差。可以说，所有的"技术"问题都围绕一个原则：不影响品质，和一步一个脚印的踏实的治学精神。

返校后我在给佩力的信中说到"霎时经验"这个概念，他也是倾向的，至于我，我的独立思考大概是不会出毛病的……关键是"仓库"展并非是一个观念的联想，而是"当下空间"的敞开，规模可大可小，决定于各人作品的"敏感"，所以涉及的"技术"反而要格外小心，佩力他是赞同的，他一直强调作品现场的"自然"。

附上老耿作品照片，注，他本人对此作品并非很满意，这恰恰是我一直看好他的原因之一，他总是怀疑自己，犹豫不定……其中幻灯打在人身子上的那一幅，特别好，影子投射墙壁上。

大愚你好：

心里一直想给你写信，就是动不了笔，灵魂时常飘向遥远，现实就变得更加陌生了。

半个月前左右，我为了救一只小花猫反被它咬了，我得打狂犬疫苗针，我对此针有反应，那种感觉就像一下子被强盗蒙上了头，着急害怕昏暗和寒冷，所有的热情变得更加飘渺，还好，还有药可救……因为卧床打针之意外，答应寄你的那些画没法按时运去，拖下来了，正想向你求救，你的汇款中午从天上掉下来了，我知道你并非积极地要那些画……我再次站在太阳底下，在光明色调里转了一圈，我不能保证我那些画看似明朗，会让许多人喜欢，特别是有钱人会感动，因为我只为自己画画，我画画出于冲动，不带目的，这是活该的，我都没有感谢你，我第一个念头就是买酒去！

你是我遇到的第一个画商，真正买我画的人，我问你，我的画只能这样画，我无法按照别人的指点去画，怎么办？你回答说：那你等待吧……听了这句话，我快要哭出来，你太冷酷了。

大愚你好：

　　我在回答你的问题，一开始还觉得很好玩，渐渐我就开始不舒服起来，一种强烈的担心袭击我，这也是我一直担心的……我害怕有名，你或许不会相信，这对我有很大的阻碍……但我同时又盼望立即有稍大的画室，一些好的绘画材料，不用为经济担忧，但又不愿给任何人增加麻烦，我已经麻烦别人至今了，面对社会我是如此胆战心惊，你无法体会，我真的会迷失自己会精神崩溃……很多画得不好的、但很有名气的人，我骨子里看不起他们，在画风上我恶心去追赶潮流……

　　我确实是个传统的人，但我至今不知道传统到底代表什么，你算得上是有名的人或许你自己也早就这么以为，如果认识你时你把名人写在额头上，我也不会跟你打交道至今，起初给你写信只是我被你误解了，我讨厌别人误解，我要说个明白才安心，我是不会怕什么人的，不会在名人面前有失自尊，后来你总是鼓励我，你从来不教导我，应该这样，或不要那样，这正是我所需要的，从小父母就是一直鼓励我，给你写信于我也是一件快乐的事，不是跟任何人都能这样让我轻松胡说的，有人这样珍惜和宽容我，这给我带来很大的安慰，这种安慰在我的生活中几乎是不能缺少的，在我心中你变得越来越高尚，并且伟大起来，我喜爱伟大的人，哪怕他普通，最好不有名……

你告诉我，已经有人喜欢我的画了，不多，但开始了，我不会拒绝他们的，他们喜欢我的画，他们没有错，但我一定要……解释吗？那些问题，每一条，都要回答吗？我只要求有条件画画，要求有人爱我，我是如此的传统而已！

（欧博士："零星研究"）

德谟克利特，古代原子论哲学家，这位老兄嗅觉非常灵敏，据说一天晚上，一位年轻女子陪着希波克拉底路过，德谟克利特向她打招呼说："小姐，你好！"第二天，他再见到她时便清清楚楚地改说"夫人，你好"了……狄欧根尼说："那一夜，那个年轻姑娘确实失去了童贞。"何等敏锐的嗅觉！

德谟克利特是从能、动力和射流的维度上理解物质的，粒子被看成运动着的，物质被视为一个不断活动的粒子的不稳定整体，某些粒子从产生它们的物体中摆脱出来，但仍构成其一部分，虽然这些粒子变换成另一种物质……所以后来的唯物主义者都将必须记住这一课：唯心主义者只能拥有一个残缺的鼻子，不管怎样，他只能变态地使用他的鼻子了。

康德在《实用主义观点的人类学》中，非常推崇视觉，而将嗅觉说成五种感觉中最低级的一种，感觉被分成了两部分。

贝拉瓦尔说"萨德侯爵喜爱味道，他的人物从不被皮肤、汗水、精液的气味或味道所吸引……"

在《新瑞斯蒂娜》中，韦纳伊研究了粪便，反复闻着粪便最后将其吞了下去，那嗅闻粪便的情景就像一个淫荡的人在狂热地嗅闻瑞斯蒂娜："他闻着她的腋窝，仿佛那是肮脏和淫荡中最销魂的一刻。"

有谁读过费尔巴哈的《反肉体与灵魂、肉体与精神的二元论》这本皇皇巨著？其中，费尔巴哈宣称："触觉、嗅觉、味觉是唯物主义的，是肉体；视觉和听觉是唯心主义的，是精神。但是眼睛和耳朵代理头部，其他感官则代表腹部。"

执意将穷人与臭气联系在一起的思想家，是泰纳，他在意大利旅行札记中，描述了那不勒斯城里的穷人，他对气味做出强烈反应，脏，闹，吃，喝，污浊，到处发出难闻的空气，包括伦敦那种小巷那种乱糟糟的生活，仿佛是一群关在捕鼠器中的老鼠……

阿德：

你说给我打电话也不打了，可能忙，更可能我不能如你所想的那样去写具体的人和事，我不会，你的夸奖是哄我吧，我真想把这段时间发生的事情写下来，别担心，我不会写的，这非我所能，我对表达缺乏自信，写，远远比画画难，女人是生活在现实里的，对男人一举一动，都看得清楚，要用文字去捉摸他，他就云里雾里了，文字多骗人，一个隐喻，比一个真人的真相好看透，分开一段时间，会轻松些，不紧张了，生活中有太多莫名其妙的"突然断片"，最近越来越多，一不小心就处在了虚幻之中，然后，从那些虚幻中看见真实，这个真实就是"空"，不是看破红尘的"空"，是提不起劲头的意思，厌倦，无人重视，对于莎莎她们我越来越回避了，她们怎么玩不厌呢，挥霍时间，跟她们在一起混，天天重复这一套，我宁愿痛苦而不要麻木……

上次你在电话里说到了我"有点儿毛病"这几个字，我很在意，到现在还记得，不知道你究其什么意思，我捉摸不透吗，是我啰嗦吗，你讲了好几次了，有病没病都变成病人了，你要关心我的，不然我真病了，更重要的，再次给予我帮助和鼓舞。

我争取再健康一点，活着，用我最简单的生命去表现更为神秘而复杂的生命，一旦我发现我精神上出现差错，我就对自己"砰"的一下了……

阿德：

我第二次穿越美国到了洛杉矶，从东海岸公路然后穿越中西部，理智地说，我是不喜欢观赏自然风情什么的，而是疯狂地开车在高速公路上长时间的极限感受！读了你《逍遥之路》你的文字总是乱飞舞在我途中跳跃，什么"逍遥之境将形同磐石不畏风雨"之类！

苏菲走了，去旧金山了，她是这么的……曼达好吧，你们还吵架吗，我是希望吵架的，不吵不闹，就死气沉沉了。

苏菲一走，生活简单了，回到纽约租了一个小房子，原来的工作室退租了，不需要，我得学英文，半天课程，还有两个小时下棋，跟电脑下，新款电脑一来可以玩，二来可以学习做一些设计，然后找个工作，先把时间给自己。

我的英文课程到明年一月，有两个礼拜的空，我想回国看看我爸爸，他查出了淋巴瘤，他自己不知道，我想他是知道的，所以我一定要回去一趟。

我也要提醒你，多给自己一点时间，多给自己一点逍遥。

才来美国大半年，许多汉字都忘了，读还行，不好意思，有好几个字是用拼音字母代替的，还是拼音字母不会忘。

LXXXI

家葆：

很久没有你消息，你最后一封信大概是在数月之前了，你最后的消息，是说要去拉萨，以后就消失了。

最近电视上看到不少好的消息和坏的消息，有些是城里人带来的，在乡下的生活总是要多加小心，这是我的经验。

我的日子比较单调，学习英文，报了一个学校，但是，进步很慢，我对语言的目标只在于表达，所以，如何表达的语言课从小学就没有认真学习过，现在也同样学不进去。

多了一个女朋友，苏菲已经嫁人了，在旧金山……我现在这个女朋友是我所读的学校的英语老师，专业是西班牙语，是美国人，我不知道她能陪伴我多久，但至少，我们有许多共同兴趣：逛书店，泡图书馆，咖啡馆，相信中医等，她的名字叫"安蒂"，她第一个知道的中国评论家是阿德，第二个就是你了，我给她看照片。

寄些拉萨的照片给我，汪先生去了吗，他年龄比我父亲还要大，真厉害，还经常换女朋友。

按计划，三个月后我会租到一间大画室，必须要画画了，别的我都不行。

LXXXII

曼达，黑色精灵：

你是物质的，充满世界物质之轻，你身上可以感觉得到，一种推力，内在，深入到内部，进入、接触、遍布、压力、扭力……一切都是物质，让身体发出声音，肉体的力量，充盈，即兴发挥挥洒自如，敦促、等待、沉默、对话，曼达！你是一具奇异肉体变成的机器……

在不可忍受的肉体状态与禁欲所实施的肉体解放的交汇点上，是一种爆炸性的开端，失乐园，天真烂漫结束了，原罪是平衡状态的恢复，精神抑郁症呢，曼达！人的器官，所伤及的那个器官，必须背叛贞洁、纯洁、圣洁，如此痛苦的压力才能彻底释放，并清除……

说不定，肉体就是意志之手，令人不安的肉体，那些人，所有人，看到她，谁不如是？痉挛不已，肌肉发僵，生存法则和保存种属的无意识，必须要冲出牢笼，曼达！

需要一种肉体的信号，一种肉体的证明，黑色的光，激奋，这一刻正在来临，时时刻刻来临，曼达！

LXXXIII

李度：

如晤，老长时间没你消息，不知道你都做些什么事，传言说柳先生住医院了，我非常惦念，但愿这个消息不是真的。

你还能来北京吗，或许不方便了，我这一阵子百无聊赖，晶晶带着三三来住了几天，昨天才走，我真是疲惫不堪了。

你的计划还能坚持多久，你要保重，我是绝望了，一个晚上，梦中醒来，都烟消云散了，而且还不仅如此。

很想去看看你，但又怕上大街，迈不开脚，连学校大门也不出去。心里很乱，以后再说吧。

李度先生：

这个夏天我成了二流子，当我跑到拉萨去的时候，信件积压过多，办公室的人好心地替我把信件打了个捆，搁在柜子上面，日子久了，也就忘了。

前几天他们想起来，给了我，其中有的约稿信，是 8.15 写的，因此迟复了。

明年五四的文章我一定写，我写了太多自己不想写的文字，想来十分懊恼，但愿我能够如期交稿。

别忘了催促我！

LXXXV

李度：

　　来信收悉，所嘱写稿事，一定照办，具体写什么，怎么写，我当与 H 教授、C 教授等商量以后再定。

　　这次在镜泊湖，大家相聚十分愉快，可惜因交通、报销等限制，缺了不少人，其中包括老兄在内，大家都觉得有些遗憾，希望以后还有机会，让近现代史的，明史和宋史的，以至考古发掘的，一起相聚……相对来说，你们搞当代的，聚会机会比较多，我们现代的跨界交流则要少些。

LXXXVI

广兹先生：

你的信，昨天由百代唱片公司转来，惊悉你大哥逝世，全家为之悼惜，你应该节哀顺便，善自珍摄，爱护你自己。

这几年我已三次迁居，你的信被退回的那个唱片公司是第一处，现在第三处地址见信壳上，你抄下来，以后勿再寄旧址，开明书局，早已没有了，开明门市部已经合并入中图公司，编辑部在北京，后来亦并入青年出版社，故开明不单独存在了，老同事大多过世，剩下的老朋友们大半都到北京去了，我以前在宁波的小房子也拆了，现在在上海居无所，一直住朋友的空屋子，这个房子，是尔庸之的，他目前在北京出版总署任科长，全家去了，其屋借我住，此地进出甚便，你哪天来，欢迎你住在我处。

你问起我四哥，他目下担任教育局视导，本来任中学教务主任，近刚刚提拔，他办公地点在霞飞路，他家在虹口，很远，所以他平日宿在我家，星期六回虹口家去，你们的信，他都能看到，但他工作极忙，每天六点起，晚九点多回来，恐一时不能写信给你。

我房子周围，本来都是妓女窟，最近肃清了。

LXXXVII

（首页缺）

……去年舍妹赴加拿大前，曾托她去府上拜望，虽未遇，总算知道近况尚佳，且已改行……想起当年你我谈起过改行事，时局一变，终于促成，未尝坏事，我们这代人的命运变动极剧，改行快成家常便饭，惟有泰然处之，国内来的文人，今引车卖浆大有人在，连根拔起，要适应谈何容易，起码几年，有些人怕是永远都无法适应了……圣人有云，坚持数年，大有好处，斯言是也，急功近利者难成其事，教训也够多的了。我也进入了改行的行列，夏末成了专业学生，从经济学又改成了会计学学生，很是颓唐，去年四月生一女，从此家无宁日，美国自九〇年下半年进入萧条阶段，百业俱疲，一职难求，连政府都忙着裁员，这阵恶风之下，外国人更见艰难，我到美国也已四年，其间经历过留学生为护照和签证延期日的发愁的时代，现在则正好相反，厚厚的征人招聘广告不见了，命运弄人，想来不禁哑然，我是落伍者，总赶不上班车，家室之累，把我困在纽约，也只好硬着头皮顶下去，何时是了，大有随波逐流之感。平时忙于上学看孩子，无暇他顾，往往一月两月不看报纸，几乎与世隔绝，中国的事偶尔从朋友处听得一二，全不真切，好在几十年的生活底子培养了一点直觉，大体尚能把握，这种"闭关自守"的生活方式，几乎像卡夫卡的甲壳虫，很有点悲观意味，过去在办公室楼里端坐，对周围的事物了解甚少，现在看起来，我也快要成过时货了。一堆乱七八糟的牢骚，自觉好笑，一封信都写不起来，真是白读了几十年的书，词不达意，则一笑可也！

李度同志：

寄我的一份《几点必须的解释及不可预测的问题之说明》，收到。

不知道你是否在《大是大非》工作，但正巧你来函，我有一事相托：近日收到赠阅的《大是大非》，请向主编 X 同志、Y 同志、L 同志和编辑部诸同志转达我的诚挚的谢意。

我家居读书，很好。因患肩周炎，写字不便，只此几句，祈予谅解。

顺祝夏安

阿德：

2.3 信悉，高亦鹏他们的会议请你，可答应，至少可解决你个人的路费，你早来，仍住我处，讲课时让他们派车接送。《没有规划的城市》一书，希认真待之，最好年内完稿，此书写作计划要保密，千万别跟任何出版社谈起，出版事宜由我代理，可放心。

评《巨蟹座》一文的确删得叫人不堪忍受，以后当听取你的劝告，只能给他们写千字文了。

孩子是个操心事，老蔡有个女孩没考上大学，至今在行政处帮助做点杂事，还是临时工，是老蔡的一大心病，你要多多注意，争取孩子从小养成爱学习的习惯，至少对学习不讨厌，这是大事，硬着头皮也得干，也让爷爷奶奶帮你管管。

一切顺遂

抓紧！

阿德：你好

那不过是一场误会，把城市作为一个文学对象，干得好，居然没有人发现……《没有规划的城市》收到了，用一个否定的判断去描绘那个"对象"，现场我的研究生们正在传阅，他们都喜欢你的文章，对于你本人也很有些崇拜。

学术界的生存之道，看来看去，不是老实，更不是去骗，而是：狡智，必须如此，不得不跟它搏斗，无形的，要不容辩驳，理所当然，先声夺人，要让那些迟钝的傻瓜瞬间休克、不懂、不敢问，只能茫茫然……你们挑毛病呀，伟大的学术不就是一种仪式化，谨慎，不懂，不需你装懂，你只需要有规矩，不然，一瞬间快慰的发抖，都这么弄，呵呵，《没有规划的城市》，以这种否定的方式重新建立起来，所以我一周前就告诉他们，虽然很讽刺，却没有犯错误。

找个时间，你来讲讲，是债，债务，是债务就必须拖下去，所有，只有债务城市才能有未来，无债的城市，肯定是死气沉沉的。

就有那么一些人被牺牲。

我坚信，阿德。

见谈

　　阿德，那个在家乡游荡的人……你好呀，总算见到了你，其实你的影子，在影城对面看到你时候，我没有走过马路，中间，我们中间隔着十年，你还是那个样子，在大街上点香烟，你与十年前见到的那个你，你年轮外貌都没有明显改变只是比从前似乎沉默了一些，你很少说话，只回答我的问题，却不问我，不问我的生活，我好不好，仅仅问我那些我们都认识的朋友，我觉得你情绪低落，好像回避什么，也许是你的生活中有些……后来我们一起去吃晚餐，你稍微活跃了，说笑话，开自己玩笑，你不会忘记吧，我们告别时，你突然不说话了，我问你怎么了，你说我想起了无锡那个午后，我说，那你亲吻我一下吧，你说啥，这里人这么多，我有点难受，你突然问，我知道你会问的，你拍拍我的肩膀问，你现在还是一个人吗？我觉得我的泪水要流出来啦，我说我一直是一个人，不过，我身边一直有男人，男朋友？你问，我记得我说，男人不一定是男朋友，这个话，还是你十年前教我说的呢。

　　这一年就快完成了，这个世纪剩下的日子也不那么多了，你送我的《没有规划的城市》被我带到南京，全家人都翻过了，你对照片的兴趣似乎像你对人生的态度，不知道这个说法是否对……这张卡片是 1938 年的法国国庆节的民众街头狂欢一景，巴黎人也在怀旧，那个时候的法国人似乎更自由、随意也更热情一些。

不知道这张卡是否能最终到你手中，我还是希望它带去我的祝愿，这次能在上海见到你很高兴，但也十分感慨时光、地域、场景的多变。

最好的祝愿！

陶尼大哥：

挂了你电话回到楼上，我流尽了最后的泪水，兄弟无望了，和蓝蓝这一场感情终于没了挽回的希望，追究起来毕竟是我不是，她给我很多她宝贵的，而我没有能力保护住自己得到的，今天的一切都是我自己造成的，怨不得天地，也怨不得别人。

我不想诋毁任何爱上蓝蓝的人，但无疑选择写作，这是我自找的，我今天才知道了，我不适合干这一行，我是什么都不是，是什么都不配，我能活着已经不错了。

我至今都无法改变对她的爱，我今天突然明白自己最不能忍受的是她在痛苦这一事实。

大哥，这些年你给了我很大帮助，各方面的帮助，可以说是你发现肯定了我，然而时至今日，事情到了这般地步，你也别再劝我什么了，兄弟一场我有什么不是，就望你大哥海涵了……

XCIII

阿德先生，或者我们时代的一位人士：

下午的一番话，还有咖啡，我们都能表述的悟性、各人叙述的故事，让我动容……

谢了。

想来在您与我们时代众多人士的努力下，当代审美的某些巨变以及冲动将使我成为小说，那个梦想，曾经如此遥远，而今间距在缩短，原因面详，我希望能在下周往访你处，意在成为未来者。

近来，我们的日常理性时时停止，成为一个手势，僵硬的手指则指向浩浩荡荡的无明之方，众多音响，画面，绮丽，空白在等待，狭窄的，道路与风格，古典形态，无法企及的自我，就像魔方，一个个人，一个人，也许永远是简单的，不是做梦，也不是回忆，贪得无厌，又一个柯南道尔……

阿德先生：

是否我们都在建造自己的精神殿堂呢，如果是，那么我将盘古以来的神经必成继续……

（缺两页）

又及：夜声隆隆，某种心情的表露想来使先生案头又多了一封不速之信

（欧博士："零星研究"）

明尼苏达大学迈克尔教授，人类学教授，在冈比亚对黑猩猩进行过跟踪研究，他的观察及基本结论是："黑猩猩在对死亡的理解，以及对生与死的区别方面和人类有很大不同。"虽然一只母猩猩会坚持照顾死去的孩子一段时间后，期待它能起死回生，但一段时间等不到结果后，迈克尔说，"当幼兽的尸体快腐烂时，母兽就会扯下一条腿带走，或将尸体挂在一条人迹罕至的小径边上的树上扬长而去"。

迈克尔观察，绝大多数成年黑猩猩对其他成年同类的死亡并没有表现得如何多愁善感，而且，黑猩猩的社会中有条规则，就是年老或体弱的个体会离开整个种群，独自进入森林深处迎接死亡，而那些在种群中死去的黑猩猩通常会躺在另外一些成年同类的身边离世，这些同伴"有时候会去确认一下死者是不是真的死了，有时候也会不理不睬"。

（欧博士："零星研究"）

　　鼹鼠社会对同类的尸体处理：回避，清除，隔离。

　　鼹鼠生活在高度社会化的地下世界中，它们挖掘的通道四通八达，就像一座迷宫，如果它们在地下隧道中遇到一具同类的尸体，会立即将其拖到地底世界的"公墓"隧道中，如果公墓已被堆满，按照美国科内尔大学博士观察，"鼹鼠会用土将整个原来的公墓隧道牢牢填满，然后再挖掘出一条新的公墓隧道来……这样做，可能是出于公共卫生方面的原因"。

陶尼大哥：

秋天，一个水果的季节，我从深夜的窗口向外眺望，路灯旁居然闪烁出某种断断续续的光泽，这光泽会在风中飘荡，你能猜到是什么吗？反正那是种可以用来象征的东西，或者还和记忆有关……

一个谜语。

我几乎陷入绝境，只能向大哥求援，那部题目叫《别责怪你不就重新来过》的中篇爱情小说又被《古城》退回了，S 先生曾来信说发明年第一期，不料日前又说此期所有稿都由主编亲审，他说文字格调不错，内容有点空疏，主要是，与 ZY 先生将发表的一篇作品内容相似了，我再三解释也没用，看来金陵与我绝缘呀！

时运不济，无可奈何，小弟晦气上身经久不散，或许最近有忌讳，去年我曾去金陵参加一个婚礼，由我做傧相你还记得吗，那天我收到最后一次也是拿了最多一次的稿费，厄运从此降临了。

向莉莉问好，祝大哥你秋天发生许多好看的故事……

XCVII

曼达：

　　一定还有很多事情，我可能还不知道，关于你……你从来没有试图告诉更多，但是你又对我坦诚地讲了许多秘密，我的曼达，我经常会想，我们在一起的时候是不是你最开心的日子。你一定还有忧伤，还有小秘密，可是除了你，我可能不会拥有更多了，我的小妈咪……

XCVIII

宗萨：

　　……你说的压抑，反过来说就是第一快乐，弗洛伊德还是厉害，具有引人入胜的解释力，就像比利时侦探波洛在故事尾声揭开谋杀案件的始末，精神分析是一种可以无限自行繁衍的语言智力游戏，一种侦探或医生的长篇独白，福尔摩斯助手华生就是一位医生这不是巧合。上个世纪我曾经被两个人引诱，除了弗洛伊德另一个是萨特，谢天谢地我后来毫不可惜地把萨特除名了，最起码，弗洛伊德那一套方法即便陈旧仍然可以绰绰有余地把握分析萨特的小肚鸡肠，但是萨特的存在主义哲学废话才真正是过时了……在艺术批评的激情发挥中与对艺术家个人研究的沉思中，没有弗洛伊德的影子站在书桌背后为我们暗中引路，避而不谈潜意识、创伤、压抑、代偿、遗忘与恋母情结将是多么大的错误；还有梦，一切关于梦的动力学与生物学，比喻、凝聚、替代、象征与这一切的综合：多元决定论取代了意志决定论……

　　对不起，我的宗萨兄弟，我们既然谈起了这个话题，你的佛陀就沉默了，第一快乐原则，蒙田的，还有帕斯卡尔，伏尔泰，卢梭……是呀，并非我们讨论什么问题，上帝一定会插手干预，蜀人不知有汉，无论魏晋，即便是发生在欧洲的事，也未必是他们的耶稣会教士、冉森教派或议会派等都可以参与的，他们都很死板，所以伏尔泰总是讥讽十八世纪的教士……

曼达：

　　曼达你这么瘦小，你是一个礼拜吃一顿肉吗，就像比利时或荷兰的旧贵族，讲究器皿而忽略美食，不是没有好厨子，是找不到好管家……你柜子选择好了吗，让我纵情想象，它是蓝色的，像是静物画家的作品，表面光泽，水晶杯，牡蛎，柠檬果肉，内盛深色葡萄酒，长长的耐火白土烟斗，那朵蘑菇，像一柄优雅打开的小伞，向天空画出条诱人弧线，闪亮的板栗，彩釉陶器，擦亮高脚金属杯，背后一幅油画，荷兰画派，午后阳光，曼达在哪呀，她如捕捞羊羔跌落入温柔陷阱，尖锐的刺痛，坚韧锁扣，纽扣化为浆果爆裂，绽放白色的水晶，一只停栖在曼达后背蓝蝴蝶突然羽化为黑色蝙蝠，把那个幻想坏孩子一口吞噬……

大愚居士如晤：

前书问，"一切众生，皆有佛性"出处，众生，亦译作"有情"，或"有情众生"，泛指一切有生命的事物，主要指人类，佛性，译"如来性""觉性"，原指佛陀本性，因性，用现在的说法，就是种子、基因、潜质，可能性，隐藏的力气，其实佛陀的觉悟不是"宿命"的结果，而是佛陀"寻找"的结果，所以，佛性也可以说是"如来藏"，人人成佛的可能性。

不过呢，众生能否成佛，后来成了大乘佛法的一个很重要的理论问题，大乘是以最终成佛为目的，小乘则不主张众生能成佛，只可修到阿罗汉果，好像分道扬镳了，但是"佛性"的"真如遍在"和"佛性常住"是不变的。

前书居士又说，耶教圣经创世提出"时间的开始"，这个概念打破了古代神话各种文化一致信仰的"时间轮回"，这个差别是断裂性的，这个"前行时间"的提出，隐藏了此后人类现代性的转向云云，我认为这是一个描述，一个主张，仍然属于一种"觉悟"，到了彼岸的"明"，佛教的"轮回"不等于时间是圆的，耶和华创世就是时间是一条直线，在我看，两种对时间的描述都是"般若"的，般若，是梵文，就是"智慧"，都是觉悟。

居士笑称老衲是"文化和尚"，罪过罪过不敢不敢，老衲只是对天下事仍存有好奇心罢了，今日居士对老衲的好奇心产生了好奇心，始作俑者在我，居士问我现在正在读的是什么，嗯，是南朝梁武帝，萧衍，兰陵人，就是常州，帝王里罕见的佛教控，居士偏爱"前行时间"，我倒总是感觉"轮回时间"，关于这位梁武帝的故事传奇，后世有诗曰："南朝四百八十寺，多少楼台烟雨中。"

阿德：

　　我相信你会喜欢这个故事，我也是刚刚从别人那里听来的，就是昨晚上，几个人在浸慈医院聊天，M 医生值班，他很健谈，电影迷，不知不觉，有人问起浸慈医院的前身，M 医生就打开了话匣子，从法国天主教会和法国大革命，圣女贞德，一部马拉被一个姑娘刺杀的电影，到费加罗的婚礼，《塞维尔的理发匠》……最后说起一个女人，法国女人，是真实存在过的，不是电影里的，不是演员，她叫"玛塔·哈莉"，M 医生似乎对这个法国女人的身世如数家珍，玛塔，第一次世界大战的双重间谍，她性感的嘴唇，极肥突的屁股，她的眼神可以使最坚强的军官透露出机密来，几乎改变了一战的进程……玛塔出生在荷兰，后来做了德国间谍，她的传奇有许多版本，基本相似的版本，玛塔十九岁嫁给了一个军官去了爪哇，在那里的寺庙里学会了裸体跳舞，也有说，她是被爪哇寺庙中的僧侣养大的，随后被一个英国军官带走了，因为这个军官看过玛塔跳裸舞的回旋，传说中她的舞蹈回旋会让男人窒息……M 医生边说边扭动他自己的身体，还闭上眼睛，我看他如此陶醉，无法想象他此刻闭上眼睛的前面，会是一个什么形象的女人，这个女人叫"玛塔·哈莉"……

她是 1917 年被法国反间谍机构逮捕的，她同时为法、德交战双方提供情报，她被捕的时候已经四十岁了，M 医生说，玛塔的乳房很小，但变色了的乳头却很大，她不喜欢让任何人看见她的乳头，几个情人都说，哪怕在床上，她也从不脱掉她的上衣，这个习惯是成年后造成的，或许她的身体会有某种德国人纹的标志吧。

玛塔想活下来，哪怕多活几个小时，她想通过脱衣服来拖迟行刑队，因为，一开始，没有人敢开枪……真正发生的事情。

1917 年某日早晨，玛塔·哈莉穿着长长的珍珠色外衣，戴着漂亮的有扣手套，长靴和三角毡帽，她只用一根绳子绑在腰间，然后捆在一根柱子上面，她拒绝将她的眼睛罩起来，也不准别人将她的手绑在背后，她向哭泣的修女们招手，因为那些修女们陪着她一起从监狱来到这里……M 医生说，"她死得很勇敢"。

故事讲完了，夜已深，没有说话，M 医生点了一支烟，说："据说，有些猎奇的男人几天后半夜挖开她的坟墓，发现是一个空坟，有谣言说，玛塔·哈莉逃跑了。"

曼达:

　　还是让我自我安慰一下吧, 我曾在各种艺术里搜索过, 为了怀疑的失去, 而不是解除怀疑, 没有怀疑的生活是不值得过的, 答案, 就是我的起点, 我仇恨一切正确的答案, 瞧瞧他们的嘴脸, "正确在我这里!"人生应该是由一连串的错误构成, 冒险, 不行的话, 就用言词冒险, 伪装的、易忘的、反讽的, 反讽不是指向大多数正确的人群, 反讽应指向自身, 连形式也一样, 关起门, 逃离, 放弃成功, "成功"是这个时代的一个笑话, 拉倒吧……

亲爱的拉拉：

别再纠结你的星座啦，只看你自己星座没用，还要看"另一位"，太烦了，不见得碰到一个男人就问星座吧，花痴啊……前两天欧博士跟一帮人讲手相，他说手相是很准的，不过这套东西，现在高手几乎要绝迹了，年轻人都热衷谈星座，其实是热闹寻开心的，不能当真，倒是现在外国人有一种"身体骨相"研究，比较科学，欧博士说，一个女人应该注意她男朋友的手指，男人的手指上有许多信息，能知道这个男人到底有多少魅力，他讲了许多，有些记不住，不太懂，印象最深的，是男人的右手食指和无名指的长度比例，直接关系到他脸部的魅力程度，这两根手指决定了男人的睾酮含量，男人无名指的长度，包括声音与体味，往往是成年人体内性激素水平所决定的……

欧博士的话我是蛮相信的，他总归不会捏造的，找个空，我们去他家玩玩，他那里艺术家很多，经常有陌生人上门，我们趁机讨教讨教，说不好，拉拉你就可以研究研究各种各样男人的食指和无名指了……

（无名氏笔记）

……即便我们不讨论普通的艺术家，我们以伟大艺术家为例，他们必须具有"先进思维能力"吗？一个思想保守的艺术家乃至作家，像巴尔扎克、索尔仁尼琴可以称伟大吗？达利很超前很夸张，杜尚很颠覆很虚无，但是他们谈不上"具有先进思维"……尤为重要的是，我们并不要艺术家、哪怕伟大的艺术家为我们提供对时代的深刻思想，艺术家的洞见是罕见的，他们顶多是一个呈现者，而不是真理揭发者……

作为一个诗人或小说家，才华其实是无用的，他从不做他在作品中扬言要做的那些事，他太不方便，存在的无力性恰恰拯救了他……诗和小说表达出来的方式，永远呈现为现实的反面，他拥有的只是那个虚幻之境，这种自我安慰与自我欺骗十分相似，还能怎样呢，我们需要他们为我们伪装……

曼达：

久违了曼达你在哪里呢，暮色沉沉冷雨潇潇，我们这些老弱不济之徒，还有多少机会抚触散落四处美丽腐骨芬芳……词语之蛊，词语的力量，哪怕是倦怠尼采自欺欺人大麻与酒神，女人词语再逢新春，王位上那个是我观世音菩萨吗，不要以为一个女人必定会变成一个抑郁者，甚至对生命的爱也仍然是可能的骗术，只不过是用另一种方式佯装去爱，这就像调戏一个使我生疑的女人……然而在这些超凡脱俗的人身上，一切可疑之物的魅力、对未知之物的兴趣实在太大，因此这种兴趣必然如同一片绚丽红霞，不断地重新落向一切可疑之物的困境，一切不确定性的危险，乃至恋人嫉妒，我发现了一种新幸福，错误在脚下，曼达，是不是这样，它将无限度延长下午，来吧来吧，曼达！

CVI

（无名氏笔记）

不要抵抗，衰老必胜。

凡是非西方的东西都是崇高且洁净的，凡是来自西方的东西都是龌龊的。

西方人价值观就是魔鬼价值观，所谓"七宗罪"，不就是阿奎那定义的吗？

纽约是中心的末端，如果还不是末日的话。

集体牺牲绝对需要，看看历史吧！

祭祀与阅兵，人类的一切事务中没有什么比这两件头等大事更神圣的了。

上帝为什么要提供这么多的生命，然后再让他们自相残杀……其实答案已经很清楚了。

仁爱背面就是杀戮，这个真理，东方与西方人都一样，所以他们一会儿呼吁和平一会儿叫嚣战争呢。

同情是一种障碍。

威胁是最直接的教育，恐吓则是一种不忍施暴的仁慈之举。

太过分了，没有谁能够阻止国王的脚步，皮影艺人万岁！

CVII

（无名氏笔记）

"一张无名氏拍的照片，值得试试⋯⋯"

"那个洗澡女人，暗淡得快要隐去了，像负片。"

"你可以用浓稠颜色改变一切，好像梦做到半途⋯⋯"

"我必须继续完成这个。"

"想不起来了？"

"什么？"

"那天下午，先是一只大鸟，它的黑色羽翼投在墙上，通过一条隧道，在城市底下蜿蜒而过，远处是个火车站，它又像电影里的金字塔⋯⋯"

"这时候，第二个女人悄悄地进入浴室，半透明背影，如同爱克斯胸透片浮于空中⋯⋯"

CVIII

（大愚读史笔记）

《创世纪》41章41-45节，约瑟给法老解梦（未来七年丰收七年荒年）后，建议法老在丰收年收五分之一粮食以备灾。法老任命约瑟为宰相，实施此计划……从此，法老及众朝臣开始喜欢这计划，有两个原因，一是可备灾，二是可扩权。

抗灾，法老集权得以形成，救灾需要集中力量，但灾情过后，法老还愿意还回权力吗？

约瑟前二百年左右，大禹治水，开始集权，结果终结了历史上的原始民主制（部落首领由各部落民主推选产生），大禹儿子启直接继承大禹王位，家天下王权私有，世袭为王。

宗萨法师:

　　来示奉到，前日弟等偶在功德林食处聚餐，李度、家葆亦参加，未知法师已到沪，此时江南春暖，闻法师对广兹遗墨殊为重视，弟甚钦感……在此不景气时代募集巨款，足证鼎力支持，更见诚恳，现有朴居士、慧居士禀报，此处善款大体已备，而余缺数，是当由弟自己担任，法师切勿续汇，至要。但求功德圆满，亦无所憾，请释念为荷。

　　顺颂道祺

阿德兄：

不瞒你说，我是半夜里在此跟你聊天的，我一般常在夜半两三点钟醒来胡思乱想，直到凌晨方复入睡……但不知为何，今夜醒来一直想着与你的对话问题，你昨天有一句话说对了，我很看重友谊之类，并爱对人作道德判断（严格讲来是我的好恶，而不是按照什么道理标准作判断），与你的宽容不同，我在人际之间有鲜明的取舍，在上海的评论圈子里，我总认为有三个人是与我可以有心灵上的沟通的，一个 Q，一个 D，一个你……他们两个，尤其 Q，无须多言，一点即通，但与你，我总觉得中间隔了一层，尽管是薄薄的一层，同样谈一个问题，Q 的话立即可以在我心里产生对应，但你的话却总使我感到有一种说不出的疏远感，你总像在戒备什么，总是在把握什么分寸，也许我这人生来敏感，但我往往很相信我的感觉。

你是很早向我表示钦佩的人，可是你一直宽容大度对我微笑，我很想我们两个应该像武术家那样的当面切磋，但是没有，你的微笑变成了某种难以名状的距离，你昨天说，我这人富有"侵略性"，此话没错，我只是渴望有人能跟我进行精神博弈，总是渴望一种交锋式的对话，然而我们没有……

CXI

曼达:

　　我决心走了，我不能够待下去了，雨布满整个天空，除了雨，它的纵深范围之内，湖边的房子飘移难以想象的虚妄，惟有出租车是物质的，真实，硬的现实，虚妄的外界伸展无界弗远。曼达，你在的地方也是这样子，世界浸泡在虚妄中丢失了……我去火车站，再过四十分钟就要开了，我很平静，我又咳嗽了，我松开手，两只手靠抓住座位两边的两只箱子边沿，什么都看不见了，我的脑子里空空荡荡，司机一声不吭，他像一个雕塑，他只看前方，那种凝视，好庄重啊，我想起你来了，你还记得吗，你要我振作起来，人老了总是要死的，你还说，死是生命的另一种形式，我快要掉眼泪了，我说你从哪里学来的，第一次吧……结果，你突然笑了，这个笑，真的不合时宜啊，你扳过我的脸，一字一句地说："我们只是在肉体上活着……"

（笔记残页）

　　……本改编参考了艺术座演出的舞台本，演出风格和以前的新派剧相比没什么两样，给旦角穿上洋服，现在看来真是丑陋之极，但是在字幕上打出歌词，在布景和动作上加上稀罕的洋剧味，演出时，让女性配音演员在银幕旁边唱流行歌曲，以增加魅力，在3400尺长的拷贝的放映时间内，使观众感到影片有看头，这确是它优越之处，并且还有观众给电影杂志"读者来信"专栏寄来这样的话语，说但愿这些技法不会无谓地被冷嘲热讽所葬送，而能尽快地成为摆脱新派电影窠臼一条路子，关于角色男扮女装这一问题，新派电影尚未有所改动，特别是《狂美人》在表演技法上的模仿榜样是麦克斯林戴，依我之见，这个莎乐美的热潮的意义又何在呢，还不算《茶花女》出来以后有好几版（字迹模糊）……直到拍摄托尔斯泰原作的《活尸》就是从七月号的《歌舞伎》上进行的，这其中诞生了所谓革新电影，为了避免和演出经纪人发生激烈冲突，也为了给配音解说员一些面子，男扮女装还不能不用，所以尽量使用年轻貌美的演员，场面转换频繁一些，使用人工灯光，是美国电影开始用的，意大利电影正在一点点模仿的片头字幕上把改编者、导演、摄影师的名字写出来，人工画的布景有点不自然，因此即使便宜，也要用实物道具，只要有可能就要拍外景，以上种种都是未来电影的希望……

家葆：

　　每回写信，总问你在不在，怕扑空，其实不必，见信虽如晤，人不在，也是暂时离开，终归会回来的，但是，还是心惶惶，想到你的空房子，堆满了书，只有你在里面，我才满心欢喜，有人间烟火，一日你不在，我就心不定了。

　　我这边，两个孩子住到他爸爸学校去了，他们大了，会自己照顾自己了，学校放假，三个食堂关了两个，一天三顿，还能保证的，家葆，你来看看我吧，别老是像一只鼹鼠，暗无天日的，你可以住在我这里，可以晒晒太阳，威海的光照一直是充足的，你需要补补钙。

　　家葆，去年你来威海，我本想有许多的话要向你细谈，你来了，又是一堆老同学，上馆子，第二天到系里讲座，第三天去郑老师家拜访，去医院看望方大姐，最后才来我家，然后就送你去火车站了，你说"我们心是分别不开的"，这句话说得很真切，不过，现在不是去年，现在我一个人了。

　　百代唱片公司还没有拆掉吧，听说拖了许多年了，反正麻木了，那个灰房子推开三层楼的窗户，一串串音符，嚓嚓的脚步声，我们躺在床上半醒的时候，身边的物象音乐我们都能感知，"毛毛雨，下个不停，微微风，吹个不停，微风细雨柳青青……"

　　来看我，奴奴只要你的心……

A：来，我们开始。

WZS：不，我怕你把它按在我身上。

A：你很警觉。

WZS：我大概知道你，我们可以轻松一些。

A：我手里这份东西，你的一件重要作品，《今天下午停课》，你早期的。

WZS：要说明一下，促成这一行为的那个观念，不是我的，我在这个行为作品中，只是一个演员而已，那是1991年，我们在斯德哥尔摩的杜尚那房子里面，斯德哥尔摩现代艺术博物馆，那个杜尚的房子，我做了一个行为，观念是 EG 的。

W：没有被发现？

WZS：她很难做这件事，杜尚是为男人做的，她要去做，很可能会被人家认为是过多的女权主义。

A：所以要你上阵，你是男人。

WZS：以一个演员的身份，参与交流，那个计划叫"欣赏"。

A：你们的本意是说，一个反过来的观念，就是把杜尚的《泉》，把它的实用功能恢复了，把它的艺术品概念颠覆掉，但是你们这个行为本身，仍旧还是发生在一个艺术脉络中，你不觉得这是一件很吊诡的事情吗？

　　WZS：我们当时想，这个尿罐在那里好像等待了六十多年了，如何说杜尚是在 1917 年创造了它，那到我们，大概快有一个世纪了……

阿德如晤：

田中菊一先生的计划已有传真发我，附上复印件，供参考，我暂不置评，等你回复。

我们的战略你我周知，一切艺术都有委托的成分，私人消费是核心，所谓把自己的艺术目标定义在冒险甚至挑衅，企图以事件的名义发生，经新闻报道扩大影响力，直到进入艺术史的策略，并非你我，不，准确地说，是我所反对的……田中菊一先生代表的是银行，在我看来应该是"私人"，但是那个"董事会"是否是一个"由复数私人构成的集体"？为"一群私人的委托"工作，我以为不是我理想中的"纯粹私人"，因为，那种隐身的以"股东形式"出现的"艺术品委托方的权利人之一"会让我不知所措，他们会一个一个冒出来，对我已经完成的作品说三道四，这个情况太容易发生。

艺术不是冒险，我说的冒险不是指观念或形式的冒险，而是合同的冒险，条款的冒险，我需要一个人跟我签协议，而不是"一群人"，不然，创造、个性、观点、姿势、方法特别是"一对一"的交易就不能达成，对委托人的权益及他所要的那件作品更不能最终交予他手中。

钧此

（大愚草稿）

1. 意识形态约定的破裂

2. 社会情境的接触能力与修定

3. 新客观、新习俗、新语言

4. 艺术向物质的全面回归

5. 博物馆的衰败

6. 病理切片、神经末梢、细胞与小种群

7. 加工品、失效期、无政府

8. 弱小、畸形

9. 低信息、无从看见，尚未诞生即已死亡

CXVII

大愚：

　　我把耳挂弄丢了，昨晚喝多了，后来，航空公司同事，忘了怎么回家的，我半夜醒了一次，帽子没了，耳挂也没了，我和猫一样睡得……现在还头晕，你不会生气吧，特别是那帽子，只是一时任性，这几天太累了，就想放肆一下，我喜爱那几个孩子，年轻人，还有比这个更简单的吗，这是合乎常情的，我不过分吧，有吗，我有吗，曼达，曼达就这样显身了，我像她吗，还是她像我呢，她会戴那顶帽子吗，会吗会吗，我什么都忘了，前面还记得，怎么回家全断片了，那些忧伤烦恼也就不怎么强烈和难以忍受了……我现在必须要起床了，一个英雄的决定，下决心，上班去，放下一个重负，又背上一个重负，曼达可不是一个飘在空气中的女人，她得去上班，她的老大在等她哪……

CXVIII

塔塔先生：

我不敢说我很诚实，对自己诚实都不见得，一个人是不是诚实，我真的不知道，所以我的摄影只拍风景，旷野，河，道路，花卉……我不敢把镜头对准人，陌生人、熟悉的人，亲朋好友，我自己，一切人……

当然，在家时，我父亲母亲还是要我给家里人拍照，我无法拒绝，我无法解释，如果解释，我父母肯定不明白，我不能说，每个人都不诚实，我们不能说，只有我们一家人才是诚实的，所以塔塔先生，你就可以想象，我的表达是如何荒谬，从逻辑上分析，这种表达是不存在的，不成立，你说"我是不诚实的"，而不是说"我某句话是不诚实的"，后一句，它可能是可相信的，它是一种针对一件事的坦白；但是前一句，"我是不诚实的"，这句话是一个全称判断，或者说，它是自相矛盾的，因为你承认了自己是不诚实的，至少，你讲的这句话"是诚实的"。

你明白了吧，塔塔先生，我们在平常生活中讲话，真实，谎言，客套，承诺，保证，一般都不会太当真，不追究，说了就说了，父亲母亲亲朋好友，大家聚聚，拍照，寻常的事，按下快门，让家人开心，足够了。

但是我的"作品"没有人，对，我不拍人，我不拍风俗，不拍新闻，我拒绝乡愁，我拒绝裸体，我甚至不拍无人的街道与建筑，墓碑，人类的各种遗址……现在，塔塔先生，你明白了我的用意，只要在有人的地方，摄影必定会触及一个词："不诚实"，这就是我的摄影观念，一半是针对人性的，一半是针对摄影本性的，因为，摄影的技巧本质，就是"诚实"……如今的摄影，所有的，全世界，凡摄影涉及了人，就是不诚实的。

　　谢谢你，塔塔先生。

大愚：

我又去了杰尼芙那里了，整整一个下午，你不喜欢她，我本来对她印象一般，今天我们聊上了，起先我是路过，就坐坐，她说到你，她不断夸你，我倒有点不好意思，我知道你讨厌她，但是杰尼芙不知道，把你吹的，然后就说起了星座，她说她知道你是白羊座啥的，能不能告诉她我是什么星座，看看我们两个合不合，结果聊着聊着，天就不知不觉暗了下来。

我现在还很兴奋，仿佛从一个神秘和密室逃脱出来，真刺激，大愚，你别认为是我主动问她的，算命看相什么的，你最烦，杰尼芙先问你最近忙些什么，我说你无非是看看书，她问，你们交流吗，我说知道一点点，她问，比如？我说你这段时间好像对古希腊有兴趣，什么西蒙尼德和色诺芬啥的，她问，又是哲学，有趣吗，和我们女人有关系吗。我说，也有，也讲身体和快乐，讲吃，讲性，讲食物，讲气味和声音。杰尼芙说，就不讲穿不讲星座，哲学嘛，她在德国读书的时候接触过，读不进。七扯八扯，就说起星座来了。

大愚，是你把她介绍给我的，你想不到她一进入状态，简直像个女巫，一边看星盘一边说，滔滔不绝，声音都变了，像另外一个人附体。她说本周，准备迎接性感生活回归，讲我们俩，你这几天正无聊，两周后开始享受爱爱，或有伴侣，无暇分身，狂野，节奏，极度渴求，要改变方式，双鱼座，幸运，向灵魂伴侣方向进化……她一边说我一边记，她说，哲学太抽象，现在德国人都信星座，年轻人，全是，你读的古希腊西蒙尼德很少人知道，现代星相大女巫玛丽亚·德西蒙尼无人不晓，哈哈，杰尼芙满脸通红，她那亢奋啊，简直把我也迷住了。

　　你怎么样，要两周之后我们才见面吗？

阿德你好：

　　我不写信给你，你一百年也不会跟我联系的，我的画册还没出，因图片我自己整理，我却处在创作的状态，我把自己整个冬天都浓缩在了绘画中了，现在随信寄上一些给你，没有别的意思，我一直视你为有艺术鉴赏力的人，如果给你带来某些情绪或玄想更好，我本希望你的画册能有些有胆识的文字，而你是知道我的画具有这方面的隐藏内容，但是主动性在于你，而不在我……我本想不断地写些生活趣事，给你的同时也能让我不善言辞地轻松一番，由我自己写出"生命""死亡""思考""生存"这类的词，我真的觉得别扭，或者我们应该讨论一下什么叫诗意，什么叫"神话"，可惜我们没有时间了，我不断写"曼达"与"莎莎"的传闻浪费了许多时间，而你并不阻止我，反而不断鼓励我一直写下去，就像长达四十集的电视剧，这能怪我吗？

　　你看吧，我仍然对你怀有厚望，我的这个请求确实有点荒诞不经，现实里的欲望总是高于艺术里的欲望，它是本能，它不声不响，遍地开花，而艺术这个欲望又是什么呢，我都无法分辨了……不多说了，等回复，希望你永远健康幸福和好运，一百年后我会带上"曼达"与"莎莎"同台跳脱衣舞，你一定得到场！

（塔塔笔记）

　　说"万物皆有佛性"，所以不杀生，这是否受到了原始瑜伽思想影响呢，如果瑜伽思想是印度最古老的一种哲学观念，那么与其说瑜伽是宗教，还不如说它是一种哲学观……许多宗教都源于瑜伽思想的影响，比如冥想，相信通过人为修炼跳出轮回。但是，早期瑜伽思想和古印度教一样，是有"上梵"思想的，但是佛的教诲不通，既然人人都可以成佛，觉悟，是"以我独尊"，"我"通过自己的努力，就可以跳出六世轮回，逻辑到这里就卡住了……商羯罗当初反击佛教的重点就是抓住这个本体论与独断论的"节点"，如果抛弃"上梵"思想，即造物主，那"我"的努力又能靠谁来营造一个"极乐世界"呢？

CXXII

（塔塔笔记）

在印度历史上佛教甚至绝迹，印度教连续出现鸠摩利罗、商羯罗两位大思想家，论战中击败佛教，导致佛教大量寺院和信徒改宗……时间就在玄奘大师在纳兰陀寺留学归国后五十年内，鸠摩利罗登门挑战，让佛教最高学府纳兰陀寺从公开讲学变为闭门授课，显宗成为密宗。

看玄奘大师在印度留学的辩论经历，就能明白佛教经常遭遇外道学者的强有力挑战而度日艰难苦苦支撑中，失败只是一个时间问题，商羯罗时代佛教更加不堪一击，终于全灭，沦为靠咒语赶鬼的土著信仰，据观察，念佛持咒的净土宗也不过就是这种水平！

CXXIII

（塔塔笔记）

德国的老派读者都认为"注释"或"脚注"有一种独特的魅力，大学和学术界，神圣罗马帝国的宫廷和学校在整个十七世纪直至十八世纪的早期，为博学之士们提供了庇护，这些人，如有行动笨拙，又注定要灭绝的一种富有学识的恐龙，他们置活跃在法国和英格兰的笛卡儿和培根的现代思潮于不顾……

启蒙运动末期，德国一个叫里希特的作家把自己1780年代以来的作品写成了将各种博学的知识编织在一起的消遣品，他将一生奉献给了一项艰苦的工作，即把他所能找到的最稀奇古怪的收藏中最稀奇古怪的细节都摘录、重述、援引、影射出来，他最喜欢的书籍，标题听起来都像是怪味的自我打趣，比如《论发明和失传的事物》《奇异的联系》《显微镜下的嬉戏》以及《在物理、艺术、历史的前生与后世中的怪事》……此类的秘藏之书塞满了私人图书馆，主人以五花八门的记录本和索引为荣，个个都是精神上的老大哥，他们一部一部地将这些素材反复利用，打趣、含沙射影、享受学问也对之进行讽刺。

拉贝纳是另一位十八世纪的德国作家，他有一本书叫《没有正文的注释》，拉贝纳扬言，"我敢用一百个例证断言，在这个世界上，人们把自己弄得与名家比肩的最简单的方法，莫过于用注释去充实和完善他人的著作……人们应该诅咒说，老天可以让那些人成就任何事，惟独不是做学者，那些人自己不思考，而是阐释古人或者其他名人的思想，这些人把自己弄得既伟大又令人生畏，依靠的是什么呢，就是注释！"

CXXIV

（阿德笔记）

　　……我既无法知道自己那就更无法了解他人了，怎样可能？写作绝不是洞察人性的秘密通道，这怎么可能？正相反，写作只能让我陷入迷津，我绝不相信写作者具有此种特权，好像每个写作者的写作都是通向探索自我的征途，他们莫名其妙地相信他们的那个小小野心，好像拥有了某种野心，只需要野心、自省、想象及语言才华就能揭发人性深处的光芒与黑暗，他们从来不怀疑，人们从来都无法以绝对的眼睛看到自我的存在，而写作只会欺骗自己，或许有极少数人不死心，他们努力想把写作变成绝对自我，可能我过去也曾经迷信过，但是我觉悟了，我的觉悟就是绝对的自我怀疑，用苏格拉底的句式表述就是：因为写作，我知道了我对人性一无所知，对人性的改善更一无所知，我因写作而无明，迟钝，口吃，我失去了洞察力……

CXXV

（无名氏笔记）

　　……两年来，我倾向于一个总体结构，现在决定推翻了，一个未曾写成的提纲，假设的，倒退的，确定的开始应该在结局的地方。

　　害怕，只能想着自己，最初的基石，是虚无。

　　人类无德者。

　　撒旦永存光明者。

　　不顾命运而至死为恶。

　　诚实最终是上帝的败笔。

　　逻各斯是一个虚构……

　　必须站在黑暗一边

　　为敌人思考

　　因为，残忍是大善

　　最后的信件，落回世界。

D.o

　　……你以前的小房间，我很难忘，每次打电话，就会好像看见你站起来，绕道走五六步，去拿电话听筒……听陶尼讲，你现在的诊所有四个人，电话不接，今后房间布局配置上要有重要改变，要搬到三楼，真的吗，一模一样的房间，会怎样扰乱人的回忆啊！

　　冰冰有七岁了吧，昨晚她妈妈打电话找我说，托我寻寻家中有没有《古诗十九首》，我问她是不是给冰冰读，她说是她自己读，我大吃一惊，她马上解释说，你太忙，所以问问我，不想麻烦冰冰爸爸，她说冰冰已能背诵古诗十九首，她要读，是为了给冰冰解释。

　　我们关系还是老样子？

　　冰冰妈妈我记得她是学俄语的，没听过你说起……

　　这个礼拜六我一个人值班，你来吗，有半个月没见了。

昨晚开会到了零点。

真疯狂。

老大前面还有一个会。

变态。

嗯，我不开心。

我们到里面去说。

就不注意我，还是个医生。

哦，你的鞋湿了。

今天鞋不知为何，容易被水浸湿……还有呢？

温开水怎么样。

耳挂丢了，不是，丢的是蓝的。

没事，再买个。

帽子也丢了。

又醉了。

发誓，要坚决控制。

我不相信，你做不到，说过多少回了。

周一到周五坚决不喝酒，怎么样，你监督？

哈哈，顶多坚持一星期。

你都不相信我？

你想怎么办？

今晚我们喝什么酒？

这就是曼达，曼达就是曼达。

你当我夸我，好！

精神来了。

对，我们喝什么？

我们先说话，可以吗，先喝温水。

不行，我要你陪我喝。

曼达别闹，我先念两句诗，你听，然后我们看酒单。

好吧，我爱听。

"有些人喜欢陪你喝到天亮，另些人喜欢凝视你的脸庞……"

第三句呢？

只有两句。

不行，我要听第三句！

"至于我，只有我将你的影子藏于暗箱……"

哦，为什么加了这一句？

我遇到的女人都爱酒。

我问是诗，不是酒。

好吧好吧，别闹了。

是，阿德近日要过生日了，我不知道送他什么。

这个好办，你直接问他。

我问了。

他怎么说。

他说让我从两个选项挑一个。这个阿德，就爱玩文字游戏。

噢，这次真的是文字礼物。

是什么？

阿德说，曼达你从两个里面挑一个，一个是"幻想"，另一个是"狂想"！

莎莎：

　　就像巴尔蒂斯那样画猫吧，就像巴尔蒂斯那样画房间里的少女吧，就像巴尔蒂斯那样画城市下午凝滞的时光吧，你不会画得像巴尔蒂斯一模一样，甚至你无法在最细微的细节上和巴尔蒂斯有一点点相似，猫、少女、房间、街道和那个光，全是上帝赐予，这一切，谁都不能重复，不能模仿，不能抄袭，因为巴尔蒂斯是一个天主教徒，在他的眼睛里只有"造物"，而非"对象"。这就是说，绘画这件事，是涉及全能上帝的，绝对不是仅仅涉及风格与图式的，唤醒绘画的灵性，在这里，根本不应该有争执，现在太晚了……但是莎莎，你并不晚，绘画在欧洲的几百年的传统中，始终是一个"炼金术的舞台"，幕后幕前，绘画一直是魔法，是激动不安的、无法摆脱的"造影"手艺，相信你的手，相信你的手艺吧，绘画是一种通道，一种燃烧，一种气流，一种时间中的捕捉，画吧，画你身边最常见的那些生灵吧，不要相信那些人，那些人……

家葆：

今冬的初雪终于来了，来得太迟，等啊等啊直到人们疲惫不堪，男孩子都冲了出去，然后是母亲，老人，最后是女孩子，打扮得漂漂亮亮，她们开始拍照，互相拍，彼此拍，汽车排成了队，喇叭声叫喊声喧嚣声，我站在街边停住脚步，我本来是去买面包的，面包店就在前面，老板都跑到门口外看热闹，好像天上掉下来一个节日，所有的行人，从附近房子里冲出来的人，好兴奋呀，我旁边一对情侣朝我微笑，那个先生对我说，好开心好开心，本来以为今年不会看到下大雪了，女的说，现在我们十分安全了，十字路口所有的方向全是红灯，那位先生说，是吗，难道交通管制了？

哦哦，家葆，现在已经十一点了，我现在给你写信，大街上的积雪起先很厚，铲雪车转灯到处在旋转，不过，很快雪停了，积雪迅速融化了，大街小巷堆起来的脏兮兮的黑雪，也很迅速地化成了黑水流进了下水道，很快啊，真像是梦，所以，我就写信给你了，一个男人黄昏的故事，他忘记了面包，却看到了雪，穿过小巷，一个药店，一家杂货店，一个中学，面包店，再前面是教堂，这个教堂从来不做弥撒，是空的建筑，很漂亮，过路人会对着它拍照，赞美它，然后，就离开了。

哦没什么，就想写封信给你，家葆，收到信，不必回信，现在起北风了，这鬼天气，关好门窗，梧桐枝干瑟瑟作响……

CXXX

（无名氏笔记）

……我昨天在笔记本中引用了一个希伯来语的单词，而我并不能读懂这门语言，这是不是在卖弄学问呢？而我却不能弃之不用，其实，我在通读了博沙尔的《圣地地理》之后，就想试试给这部书写上一百条注释，校正作者的希伯来语和阿拉米语……至于我本人，我甚至不识这门语言中的字母。

尽管如此，我已然开始着手撰写双线的历史了，甚至比这本书的系统性更强，就像一位优秀律师一样，该史著中的几乎每一条对事实的陈述都提供了脚注而非尾注，脚注中又援引了史料，并对有分歧的意见都做了描述和评估，以尾注为注释的《罗马帝国衰亡史》第一卷出版之前十年，开辟性的、以引证丰富而广受关注的《奥斯纳布吕克地方史》的第一版……

史蒂芬正确地指出，很多参考资料在其应该支持的论证中并没有起到实质性的作用，但是，一个有趣的事实却只字未提，即某些主题在脚注中详细地引用了二手文献，阐明著述中的每一个句子，这种倾向为讽刺性的愉悦提供了丰沛的源泉。

CXXXI

大愚兄如晤：

示奉到，反转片四张完璧，大谢，嘱代购梅花坞龙井茶叶，可放心。

近日和美国同行看 Y.c 新的作品，不知老兄上回在油雕院酒会上指"他们有意思"在哪方面，望明示。

记得前次在玉佛禅寺，我仔细想了想，我们与他们之间对话之际，觉得他们（指 Y.c）说的和画面上呈现的，在逻辑上是有问题的，其二，他们和武汉的 W.gy 有共同之倾向，在视觉独立上持不"革命"态度，以一种貌似革命的姿态独立于艺术（应自立的）之外，其三，掺杂着一种十分令人怀疑的动机，过度动机的危害性，似乎和 L.zh 在中国近代思想史一书中对"实用主义"取代精英文化的历史的分析相似，我想这种实用主义和杜威的直接契入某学科的自身自律性有本质上的区别，前者是建立在乌托邦幻想上的，我很想听听老兄的具体看法。

上午散步闲逛，在福州路购得《弘一大师遗墨》，极欢喜。

CXXXII

　　……这这，这样的事，你会告发吗，绞肉机，证据确凿，像一个说谎的孩子，没有借口，显然是多此一举，反正，我对这件事的感觉是一片空白，你还能笑得出来吗，现在他们可开心啦，证据还来得及销毁不，不要去想了，毫无必要，毕竟怀上孩子了，绝不能让孩子生下来，当然，我什么也不会，我讨厌卷进这件丑闻里去，这无法与那件事比，什么？总要过去的，正常人，习以为常了，无所谓，这时候你想到保护女人啦，哪怕他是警察，水泥般的表情，不要挡道，我要进去，这是我的家！

大愚：

　　好吧？收到 X.xz 转来你的信。

　　去年年末算是从西藏调出，就这么稀里糊涂地荡了一年，情绪自是坏得没法说，现在已经决定调回拉萨，心里好像又踏实了一点了。

　　一直想找机会跑一趟上海，无奈一直没有机会，没能成行很想念你，真是想念，我平时不写信，与什么人都断了联系，只是由于疏懒吧。

　　谢谢你记着我，我现在的通信地址还在老地方，如果短期能够调回拉萨，我另写信告你，目前联系断了，一些版税都只当打水漂了，没办法。

　　那本书出来了，印数非常少，只八百本不到，我有点得意，我喜欢少印一点，前提是印出来，我受不了把书摆到柜台上几个月几年没人要买走。

　　近期有机会来沈阳吗？

　　对了，还有一点稿费，有人去时给你带去吧，不多，跟没有差不多。

CXXXIV

阿德如晤：

大札收悉，老兄干得真欢真快，台湾岛确实小，尤其还在如来佛的掌中。

近日从德国一回波兰就忙于整理内务之事，有了一个小庄园式的房子，但并不轻松，之后要弄条黑狗，不用担心，对美的事物我向来没有要重复一遍的念头，作画对我来说是咬紧牙关！

个展《罗汉》我没有拍反转片，照片也都发光了，所以带来的照片是去年的，其中有我的肖像。

去年圣诞节我们是在德国过的，很想念诸位兄弟们，上海那几年，还总有点大家庭的感觉。

在这里，彼此不怎么往来，冬季感受似乎到处都一样，风景看够了，就要做作品了。

CXXXV

弟弟，来信都收到，我深深感到不好意思，没有能够及时来看望同志，一则担心影响你作息时间，二则为了仍须努力，祝福我们能多多思考，想想办法，争取更多机会，共商万难，以观革命后效。

据大愚先生说，弟弟目前要空房子做文章，由于一好同学在闹离婚，已经给予他做窝，另一间，在杨浦区，路途相当远，大愚说，这个不行，请你知道，不算不对你的支持，望今后有事坦然相告，不必迂回求直，同志皆兄弟，四海一家，来吃饭，添一副筷子，不必见外。

另外，你委托我的照片问题，我身感力不从心，我会放在心上，并且感谢你对我的热情关怀，我给你家挂过两次电话，不知道你生活规律，是否常上班，还是躲在某处。

愿你不坏，近来准备画农民，画完能够请弟弟老师过目，以观后效。

此敬

大愚如晤：

听陶尼说，你已卸了包袱，可以轻松一点了。

你给我的幻灯片缺两张，《外星人》和《潘多拉》，其实这两张是我最缺货的，如找得的话，请给我寄过去，基金会文件需要它们，请速办。

渡边一行于本月十一日抵沪，小岛三尾先生安排当晚在花园饭店宴请我们（S.I、S.h、Y.s、Y.Y、W.I），请你十一日晚上八点整在花园饭店门口等候，你和渡边先生会谈时间大部分安排在十二日的晚上。

有变动再通知。

就此匆颂，盼幻灯片。

CXXXVII

曼达：

　　曼达像是小男孩，她拼了命奔跑，她甩掉了围巾，帽子，她头发全散了，飞起来，万有引力之虹，品钦式幻觉，薰衣草坠落的迷妹香，曼达变成了一阵风，绳子不是往下垂，是大地在向下拉，曼达躲藏在天上，她抬起双眼，在安息日，她摁门铃，铃声未落门就开了，穿粉蓝长袍女主人，你是新来的，是，是我，过冬的披风和厚外套，阳光灿烂，无名指上一粒钻石，她发出近似笑声的声音，真的，觉得好吗，曼达今天破个戒，下不为例，天空在逃离透视几何学正到边界，她由一种软体物质构成，另一种新材料，来自古代世界……会议开幕式，连续开会，她挨着一张硬背椅子坐下，很倦了，诧异，兴奋，好奇，受惊，眼睫毛蓝得拒人千里之外，你离我远点，远点，那个小鼻子……

大愚先生：

　　寄来稿件收悉，略看了一下，觉得很不错，这一课题确实是一个有关中国当代艺术的战略问题，而且目前对该命题清醒认识的人亦不多见，你能引发对此的讨论有着重要意义，我随即准备将该文转寄给 C.x，因为他在常州办理留职了，而不能近期来京，但天有不测，天刮很大的风，刚一上路就与一辆自行车撞到一起，主要那人因风大而刹车无效，两个车摔得比较严重，忙中出错，我前去邮局时发现信丢失了，再返回也找不到，也有可能风将它刮到什么地方去了，所以望你再惠寄一份前来，很对不起。

魏牧师：

　　……现在基督徒中间有许多人持一种观念，就是相信在各个民族当中，都可能有些人，虽然从来没有听说过耶稣，也依然能够进入上帝的天堂……天主教神学家拉纳提出的"匿名基督徒"理论，就是这一观念的典型代表……有人说，这种匿名者以自己的方式与耶稣交谈，若有时间且神智清明，天堂好像在眼前，他们可能要求聆听两支钢琴曲，都是莫扎特的，他们在表面只不过是一个喜欢莫扎特的人，莫扎特的最后五重奏，还有是……《安魂曲》，他们热泪盈眶，他们悲欣交集，他们时间不够了。

CXL

（塔塔读书笔记）

……所谓"贪得无厌榨取最大剩余价值的资本逻辑"与其说是一个经济学判断，不如说是一种愤怒修辞，这个判断来自马克思，这位普罗米修斯的仰慕者。资本是一种起源于人类生活资料及货币储蓄进而发展为生产力和推动技术革命的伟大发现，历史上的那些神学家、诗人和哲学家出于人道主义的同情心，对金钱和资本都发出过各种愤怒的指控，这不仅是马克思的传统背景也是十九世纪以来，许许多多知识分子和普罗大众被马克思理论吸引的社会背景。但是问题在于，这个高度拟人化的对"资本"作出"恶之源"的判断是不正确的——资本的自私是人性的自私，资本的强权是人需要强权，资本的黑白颠倒是人的黑白颠倒，正如资本可以达成的合作其实就是人的合作，我们不能因此判断资本的逻辑是合作。败坏世界的是人类的贪婪、傲慢与嫉妒，十三世纪阿奎那区分了人的"七宗罪"明确指出人类堕落的罪性之源，当然，欧洲十三世纪对"利息"是绝对禁止的，直到十六世纪加尔文相当有远见地拥护"利息"，而鼓吹"知识就是力量"的培根顶多"宽容利息"而已。欧洲的先贤们要到十九世纪才为利息与资本正名，吊诡的是，资本罪恶论却延续至亚洲一直影响到整个二十世纪……

（阿德记录的一个梦）

……凌晨三点他梦醒了，他记住那个电话号码，这个号码曾经很熟悉，因为分手，他还一直念念不忘，当然，后来就彻底遗忘了……但是就在这个梦中，这个号码出现了，一三三三六六○○，他在梦里反复背诵，一三三三六六○○一三三三六六○○……随后他就抱着座机奔向走廊，奔向楼梯，奔向大街，大街空无一人，他开始拨这个电话号码，一，三，三，三，六、六、○、○！

对面铃声响起了，他紧张极了，冒汗，心跳，憋不住了，时间停滞……终于，对面有人接电话了，是一个女人的声音，但不是他期待的那个女人，而是，是他去世母亲的声音……

CXLII

曼达:

　　早晨想起你说的，或者是你问的一个问题，当然你不是问我一个问题，你的问题很多，其实那些问题都是你临时问我的，并不是一定要问，我也不一定要回答的，问与答，其实就是一种两个人在一起的自然状态，使两个人在一起的理由，当然，这个又是一个问题了。

　　回到开头，今天早上我突然想起，你好几次问我，"你为什么写作？"或者换一个角度问我，"你的写作是给谁看的，你的写作都没人看，为什么？"

　　现在我可以告诉你了，这个答案是我从一个丹麦人那里看到的，他是一个哲学家，他说：

　　"要是考虑到读者面……我更情愿只有一位读者。"

　　他叫克尔凯郭尔。

阿德：

　　我已下决心不再写信，但还是写了，所以就是属于自己的心有时还是难以控制的啊！我所写的句句是真话，你说"你是那种蚊子一叮就能编出故事的人"，这话很精彩，对我过于抬举了，我时常混乱和矛盾的思维难以让一个故事延续得能够控制，我何不坐下来写故事呢？我也有愿望能写出点好玩的故事，但只能是一个瞬间的愿望罢了。

　　（什么是真话？难道实际存在的就是真的吗？错了！）

　　写此信时，我有些精疲力竭，我的血液像是被抽空了一样，从画室走出来时我发现我四肢无力，像刚做完了几小时爱一样，我的眼睛被各种调合剂熏得睁不开。如果上帝存在，他只是一个巨大的美丽云团，一个充满灵气和爱的磁场，他光亮，渗透和变幻着，他追随着那些追随他的人们……

　　曼达说："他又能从你身上得到什么呢？我比你幸福多了……"我觉得她的话很对，感动到现在，我是一个很容易感动的人，你也让我感动和领悟一些道理，我很感激上帝对我的关爱。

　　谢谢你，阿德，我感谢你对我的伤害，而这种伤害让我看见了自己的未来，我的生活因此充满奇迹，幸亏曼达告诉我真相，但是阿德，你真的就是一个虚空，我们都是好孩子，不是吗？

CXLIV

（大愚笔记）

波德莱尔讲过一句惊世骇俗的话，忘了上下文，有些郁郁寡欢："在这座城市，只有猫是活的。"

CXLV

（大愚草稿）
　　……提出"利息"这个概念其实是为了带出一个更根本的也是我们经常在负面意义上使用的词，它叫"资本"。早期罗马时代的哲人与立法者都发现各种资本不必通过所有者个人的努力，便会让他们有经常不断的收入，即利息。那个时代个人资本多半用于储蓄，规模不大，它的生产性效能并不明显，许多哲人都以不同表述相信同一个"真理"即劳动创造价值，连亚里士多德都讽刺说"货币本身不能生殖"，欧洲工业尚未发达的各阶段人们普遍厌恶利息。现在我们讨论利息与资本，不是为"作为权力的资本"之滥用进行辩护，而是理解利息的获得之人类行动本性，至于利息取得的是否公平、美善、对人类道德教育有用或无用、甚至是否涉及恶意欺诈则要另加研究。
　　……作为昂贵财物的艺术品，本来集中在皇室、豪门与隐姓埋名的有钱人手中，艺术市场还没有形成，早期艺术品交换与买卖，可能仅限于典当抵押和遗产拍卖，随着十六世纪航海大发现后，珍宝香料奢侈品进入跨洲际贸易，一个超越地域的艺术买卖市场逐渐形成，商品定价有可能脱离古典经济学的劳动成本计算，而倾向于"边际效用理论"所指的"主观边际定价"，即稀缺、未来预期、信息不对称等因素形成的主观判断，由于艺术品兼具这几个要素，十九世纪之后的一百多年来，它标价节节上升，成了投资者与投机者的共同目标。

（大愚草稿）

　　……在欧洲市民社会还没有壮大的中世纪，大量财富都集中在教会、豪门与不知名的富商巨贾手中，其中就有无数珍宝与艺术品……他们的财富收藏得到律法保护，公元前六百年的《罗马法》最早概括出财产的三大特征：私有物权、债务、遗产。这三大要素维持了财富存续的长期稳定，同时也产生两个问题：因债务而流失艺术品以抵债，而留给后代的艺术品也会由于各种原因渐渐散佚……

　　……十八世纪在伦敦出现了世界上第一家最具有深远意义的拍卖行，它完全改变了市场常规模式的交易方式……

　　……高居瀚《画家生涯》专门探讨了古代中国宋元明清画家收入来源及各种灵活变通的交易方式，比如"礼物""馈赠""宿食伺候"等等，多半发生在官宦商贾与文人画家的私人交往之间……由于不存在市场，艺术品价值的估计完全是主观的，与劳动时间只有间接关系，画家的在世名声很重要，交易之所以发生，其实就是门格尔、米塞斯所谓的"边际价格理论"起了决定性作用……

CXLVII

阿德：

阿德你现在有空闲了，我想象你有大把闲暇，我毫无准备，想问你，措手不及的一件事情，我现在渴望抽一支烟，真可笑，我是多么反对你抽烟啊，你就是强词夺理，也许对男人而言，我等你，等待你，你是假忙，你根本没有那么忙，吃饱喝足，活像一只猪，特能睡特能说的猪，我现在明白了一只太聪明的猪为什么爱说话了，那是装，装假死，是闲置你不用的物体，表面上看，是爱思考，特爱思考，一会儿皱眉头，一会儿朗声大笑，你就是假死，真百无聊赖的，好像我真的爱你们吹的，我装没事，我们一起装，昨晚你当着许多人，说，"你到这里来干嘛"，我不懂，怎么问这个莫名其妙的问题，我没回答，你犯了规，我们说好的，你不能在许多人面前显得你可以随便支配我，好像你就是一个大老爷们，我最烦，特别是，你看见我无动于衷，你还假装伸出一只手摸摸我的手，你太过分啦，我克制自己，我差不多克制不住了，你把你的猪手放在我的手臂上，还要把我拉入你的怀中，啥意思嘛，我们两个人待着一起，你怎么不抚摸我呢？

人说，哲学家都是猪，你觉得你是猪吗？

CXLVIII

（阿德笔记本）

……一九一八年，查拉在苏黎世写下了他创造达达诗的秘诀："拿一张报纸，取一把剪刀，从报纸里选择一篇文章，长度与你所要做的诗相同，剪下这文章，小心地剪下文章中的每一字，再放入纸袋中，轻轻摇一摇，将纸片逐张拿出，并顺序排列，将它们照录下来，这将会像我，你会如一个有着举世无双的原创力及风采迷人的感性的诗人，虽然众人并不了解你……"

快要一百年了，谁还记得查拉这个人……尤其是，报纸已经消失了，而诗人越来越多，不知道为什么，查拉！

（阿德笔记本）

做了一个黑色的梦，被关在囚室里，这个囚室没有门，四堵墙，抬头可以看到天空，我像胎儿般的躺于硬硬的地上，云是浓浓的黑，它急速，激进……

抽象表现主义绘画是一个被绘制的词，一种图像语码。

在浑然不觉的情况下，任何人，任何地方，随手打开镜头，摄录周围的点点滴滴，光线将要沉入黑暗，最后一眼，落日潮汐，绝对的画面没有选择，它即成永恒。

一部艺术史，无非是人类追逐自己影子与制造自己面具的永续自然过程。

没有解决方案的难题，相当于无法拆除的屏障。

（阿德笔记本）

话都说清楚了。

放弃的诱惑一直窥伺着你。

黄昏被定格的流逝光阴涟漪般掠过，一种平淡无奇的形象突然间所具有的妙不可言。

特别双义性，并非任何被目击的客观对象适于成为艺术表象的素材，诱人比深刻更站不住脚。

附近的陌生人就是不确定的人。

半夜的世界陈旧变得狭小。

失去重心的钟声一点一点地丧失了它们的意义。

理所当然，空间的权力属性模糊一成不变，人们不敢移动却疯狂旅行。

无声无息逝去，漠然中，天花板有一点响动，似乎活物于夹层里走过，脚步如此轻盈……

曼达：

　　夜半，你在梦里，我只能对你说话，酒真好，牛腩真好，此刻我们适合谈论鬼魂不适合谈论饮食好吗，而鬼魂正从各个角落飘起……

　　这些年，生命时针常常发现一些差错，好像故意要和我们中的某些人过不去，朋友的死亡消息接踵而至，太早了！

　　莫非我们已在生命黄昏？诗人悲怆地预言午夜的沉沦与黑暗，他们可知道更多人在黄昏来临之前就无声地黯然离去？死神的出没给了我一记当头棒喝，我开始执行"半途而废"的生活计划，出于害怕死神突然降临，它防不胜防，且并无先兆……为免使原有计划被死神的意外造访所打乱，最好事先做点准备，立遗嘱的传统做法固然世界通行，可是遗嘱的执行却只能由立遗嘱者在生前想象。

　　他肯定看不到这个肃穆未来场面，预防措施是不近情理的：在生前就把所做的事情一一了断，哪怕这件事正到半途，"半途而废"其实是一种美好的结局，它美妙在于总要给有关联的人留下一点疑问，或者一点遗憾，寿终正寝如同一出戏的落幕仪式，半途夭折却像一部正放到一半的电影……曼达，你那边也在下雨吗，淋湿了你的头发，逃到我这里来吧，我是无害的……

CLII

素梅，你好！

去北京半个多月了，每天都有事，也就是说每天都有很多事在我身边发生，我很想把这些事和我的个人感受记录下来，但是在这里我做不到，每天写两行字对于我都来得非常沉重，在聊城时候，我不需要想明天的事，我可以放纵自己，丢失一切烦恼，因为我没有目标，把心存的一种对生活的爱或理想像气球一样放飞来去，思维怪也好妖也好，这种姿态让我保持着真我的方式来生活，偶有美好的图画就会出现在你的眼前……但来到这里的起初，不容我去片刻地幻想，我不断出现在一个接一个的现实构划和极具复杂（对我来说）的生活群中，多少天来，我渐渐从热情掉进平静到了冷酷状态，我突然间产生了极其可怕的恐惶感，由于原想的失去重力到现在的竭力回到现实中来，一个接一个的更具体问题把我圈了起来，我得了严重的城市综合抑郁症，我本来不想对你说，你也有体会，你的症状现在稳定了一些吗，两个心理极不健全的女人，怎么办呀，素梅？

拿起笔写信之前，我还在画画呢，瞎涂，草稿都不算，是想把自己平静下来，自我治疗，现在想起聊城无忧无虑的生活，有些怀念，不，我不是后悔的意思，我说不清，头脑

192

中无数个事，理不清头绪的，给你写信是想整理整理，其实我应该好好地大哭几次，把软弱的泪水统统流光……

素梅，这前面一页信是昨晚上写的，没有写完，还有一件事，还是告诉你，因为这件事结束了，昨天还没结束，今天中午结束了，就是我和刘之浩的关系，彻底结束了。

这个家伙临出门，说，"你应该待在老家"。我不吭声，过一会儿，他慢慢地，一个字一个字地说，"我与你的认识是一个美学上的错误"。

他走了，他消失在门外，我咬咬牙对着刘之浩这个混蛋喊（没有发出声音）："你才是最虚伪的诗人！"

CLIII

……到了扎达县，换上轮胎，差不多傍晚了，天还是很蓝，气温燥热，慢速进入县城，一边是干燥的峡谷，一边是河岸突兀的台地……吉普车过象泉河钢架桥，河岸两旁滩地上有许多风化的土堆，从形状来看，应该就是以前的"八百佛塔林"了……不禁感叹一番，还能怎样呢？八百佛塔林所剩无几，它们本来就不是坚固的建筑，生死灭度，扎达的佛塔用泥土混合卵石砌成，不像印度西海岸的石质佛塔，那是两种完全不同的感触……

到了托林寺，天暗下来，寺庙的门锁了，前面有个小学校，再望前方，明显是一大片寺庙废墟，也没人可问，就绕着托林寺转了一圈，红色的墙体，土墙角有尖尖的塔，不像一般西藏寺庙，外墙特别厚实、高，大殿漆色脱落大门紧闭，门楣有平脸兽、天女、祥云、莲花之类的雕刻图案。

这时候，远远走来一个喇嘛，光线越来越暗，我们立即兴奋起来……

塔塔：

你要我多多讲讲我的事，好呀，别嫌我啰嗦就行，男人喜欢听女人讲自己的事，不完全是真心的，他们都是借口，是吧，女人琐碎，喜欢琐碎的女人的男人会被女人真正喜欢吗（写到这里我发现这句话讲得很拗口）……

我心里不喜欢女人太啰嗦，生活中的绝大多数被世俗充满，这没办法，我一样无法回避，世俗几乎成了活着的一切，它是如此庞大和琐碎，憎恨它只是对自己的威胁和生活的否定，让内心变得狭隘和不愉快，让一切琐事去摧毁内心的自由空间，如果你有能力，我总是不甘心的……你有一句话我爱听："把最无聊琐碎的生活写下来，你就自由了。"你真是一个天才，要不，是另一个天才说的。

下面讲一个生活中出现的一个小故事，这个故事发生在动物园……上个星期六我带小皮鞋去动物园，我每次带他去动物园都要先去看那只年老的骆驼，每次我都要带两只苹果或拿些草或树叶给它吃，还耐心地跟它说许多话，它好像全听懂而又不回答的样子，这次，小皮鞋就奇怪地问我："妈妈，它认识你吗，它知道你说的是什么吗？"我说："当然，它认识我，"我儿子半信半疑，有一天小皮鞋突然问我，"骆驼它真的认识你吗？"我说"是的"，他说："我们今天去看它吧！""好的！"一激动，我没有任何准备，随手拿着一份报纸就去了动物园看望骆驼，那天动物园里有很多人，每个动物的围栏边都有不少大人和小孩，我们走过去，却看不见那只骆驼，它可能在睡午觉，怎么办呢，为了证明它是认识我的，我开始大声喊："骆驼先生你好吗，我和小皮鞋来看你来了"（缺半页）……后来有人去找医生了，小皮鞋说，"妈妈，你把我吓死啦，我以为我再也见不到你了。"我说："放心好了，妈妈心中有数的啊，它只是一个鲨鱼宝宝呀！"

怎么样，这个故事很无聊很婆婆妈妈的，是不是，塔塔？

塔塔：

（前页缺）……要理解丢勒的著名版画《忧郁》，仅从艺术史描述入手远远不够，那个外在的"文明史"必须要介入，这幅作品触及十五世纪欧洲的魔法恐怖，同一时期，从古代东方传来了一本称作《皮卡特立克思》的魔法手册，丢勒版画中常常出现的数字幻方，黑胆汁、土星凶兆等等意象，都来自这类魔法书籍的地下传播与秘密流行。

还有，既然是潜意识，你就不知道这个是潜意识，你又怎能告诉我，你是在表达潜意识呢？这个逻辑完全被人们忽略了，现在潜意识到处泛滥，其实是一种新的教条，一种知识补偿，对艺术家个人根本没有用，迄今为止，艺术史中的累累硕果一直源自神话与无意识，而不是艺术家自己明确知道的那些时代知识。

我以为，现在的我们生活在一个瓦解分裂的虚无时代，这个时代已经长达一个多世纪了，从神话艺术衰败到"现代艺术"的人类自以为自由解放的今天，艺术家都认为自己是"神"，即所谓的"明星"，也就是说，人变成了神，或者宣称自己是神，塔塔，你不觉得现在的人，都认为自己就是一个神了吗，艺术家是神，政治家是神，亿万富豪是神，科学家是神，连一个江湖骗子都是神，在这个"众神变形"的大转型的历史关头，你还觉得艺术仍是一种特殊的信仰吗？

CLVI

塔塔，还有大愚：

你们知道，我不写日记，我不过写写一些便条，夹在书页中，有时候，手边没有纸，也会直接把某些字句写在那本书空白处，这也是我不愿意别人翻我书的原因，我学生都知道，我已经很久没有出版新书，差不多十三年了，现在还有这种匪夷所思像我的教授吗……我想肯定还有，只是我们不知道，籍籍无名，写过一些空洞无物的所谓学术论文，每年招收新生，从他们中选拔优秀才俊，一年复一年，两耳不闻窗外事，超脱，淡然，什么都可以放下，唯读书放不下，早年所谓才华渐渐枯竭，光阴似箭，某日某时，恍然大悟老来迟暮矣……

塔塔、大愚：你们一直以为我在写一本书，或为写一本书做准备，其实没有，以前可能有过这样打算，寻找各种合适切入口，"寻找"，始终是我这大半生的宿命，这十几年来我越来越自闭，我追随古人，几乎不再读同代人写的书，我以抄书与札记的方式写作，写在各种各样的典籍空隙之中……我捏造古人的格言，歪曲那些隐秘警句，混淆真理与谬误，你们明白我这样做的用意吗？

封锁，谎言，窃取……就是这三宗罪，我开始自我封锁，开始制造谎言，开始从圣贤那里窃取……我每天写，没有注日期，没有顺序，没有编排，连检索号码都没有！

　　为什么，你们还不明白吗？

CLVII

……我换了一只桌灯，感觉好些了，我不能忍受房间灯光普照，且房间太凌乱，它会恶化心情的，房间就是我的唯一世界，所以，它必须有光，也必须有暗面（我没有说"黑暗"这个词，你们应该注意到了），我喜欢"暗面"这个词，世界的呈现，就是一个"暗面"的存在，绝对的光，绝对的黑暗，注定是无法看到世界的……

投影、烟雾、模糊、朦胧，这些词，是分别描述什么样的"暗面"，又是怎么隐喻我们的"内在洞见"的呢？

你们说，什么叫"洞见"呢，古希腊人说的"洞见"其实就是柏拉图的"洞穴之影见"，既有"洞"还有"影"，怎么回事？而在中国人却完全相反，"一孔之见"是个笑话，"雾里看花"也几乎带有"一无所知"的意思，你们会觉得这种差别，是偶然的吗！

我不想要系统性的知，我欢迎无知的不安全感，自卑、怀疑、轻度癔症、犹豫、彷徨……我就像一只鼹鼠躲在阁楼上或者地室下，我不要光天化日之下，我讨厌无法满足的渴望，我躲开被别人的承认，我仇恨仰慕仇恨荣誉仇恨成功……

与世隔绝，做一个懦夫，不要隐瞒，面对真相。

（塔塔写给曼达的诗）

　　雨下了四十天

　　她做了一个小手术

　　电梯停在十三层

　　她叫着跳着来开门

　　他们抽烟

　　隔着毛毯他抱了抱她

　　她把头放在他的胸前好一会儿

　　一堆凌乱的衣裳

　　她看电视剧

　　他闻她的发香

　　他握紧她

　　她冰冷的脚掌

　　两个人

　　都不说话……

陶尼：

纳比派，艺术史上好像把它定义为一种形式主义，其实纳比这个词，是指"先知"，具有犹太教的含义，相当于我们讲佛陀，本来是指觉悟，结果变成了偶像，佛教变成一套仪式。

还有表现主义，现在也是把它看成一种"风格"甚至看成一种"样式"，真真是错得离谱，表现主义，尤其是德国表现主义，它的根，是十八世纪的德国浪漫主义，神秘学说，乡村传统，上帝，异教……你就看了几幅画，在教堂边转悠转悠，你把德国表现主义"拿来主义"轻轻松松拿来啦，就变成你的了？

（下略）

大愚：

（前页缺）……布留尔是个法国人，他在一百年前写过一本奇书，我倒觉得这本书远比德里达、朗西埃和巴丢靠谱……书名实实在在，《低级社会中的智力机能》，直接很不政治正确地大谈"野蛮人""不发达民族""低等民族"……不管怎么说，布留尔不玩语言游戏，不玩能指，他比较了亚洲、非洲、大洋洲、南北美洲的有色民族的思维模式，确定了"原始人的智力过程与我们惯于描述的智力过程是不一致的"……其中最不可思议也是最迷人的，则是"原始人对他们看到的表面完全不受我们的逻辑及任何规律支配"，他们是靠"存在物与客观之间的神秘的互渗，来彼此联结的"……所有我们看到的世界，与他们眼里是完全不一样的……

大愚你最近还在读政治学吗，政治学只能"温习"和"重读"，不可能有新东西了，因为现实中的"古典政治"是十分本能的，野蛮的，不讲理的……

对了，有一本书我要推荐给你，《阿赞德人的巫术、神谕和魔法》，书名长了些，却也很诱人。当然，又是英国人写的，老牌帝国主义，不服不行。

阿德：

　　……关于艺术家与艺术家，艺术家与朋友，我给你找出六位牛人，依次是福柯，毕加索，巴尔蒂斯，柯布西埃和马格利特……他们相互"懂"吗，福柯为马格利特专门写了一本小册子《这不是一只烟斗》，后者还不认同呐，巴尔蒂斯讽刺柯布西埃的建筑屋顶是个"汤盆"，又怎么样？毕加索只认一个叫热内的浪荡儿写的贾科梅蒂是二十世纪唯一的好评论，而作为哲学大腕萨特给贾科梅蒂写的评论，虽然两人关系很铁，贾科梅蒂照样在背后说萨特"不懂"，事实上，像萨特这种级别的人，就像福柯一样，他们有必要去为艺术家背书吗，他们只是借了艺术家作品点燃了他们的哲学烟斗，难道不是吗？艺术家太自恋，为什么哲学家不可以自恋也玩一把呢，罗兰·巴特说"作者已死"，这句话还隐藏着什么其他含义吗……放松放松，老伙计，别在意别人说什么，别人不喜欢你又怎么啦，懂不懂你，这个问题重要吗？

（大愚笔记）

　　毫无准备地突然回归，其实不过是第一次遭遇，按照习惯，把两个屏幕同时打开，形成可变的一百二十度夹角，费里尼《八部半》与伯格曼《第七封印》……一边沉闷一边喧嚣，黑白电影黑白照片才是纯粹的"影像"，彩色电影彩色照片不过是"写真"；乌合之众只配后者，他们只对"逼真"感兴趣，他们没有想象力更不具有内在体验，乌合之众是大多数，所以黑白电影完了，彩色电影立体电影全息电影一步一步把"影像"变成了某种"乱真"的克隆世界……

　　回去吧，拉起窗帘，历险开始了，回到费里尼与伯格曼那一边，那是不朽的墓碑……

（塔塔读书笔记）

"一个过于强调感恩的文化是不可能孕育出民主的，因为无法在人与人之间建立起平等的关系"……这句话讲得好，前半句是结论，后半句是理由，是要害。

这句话是黑格尔说的。

卡尔的前辈。

卡尔警句很多，黑格尔也善于警句，德国人擅长写格言和警句，尤其尼采。

回到黑格尔这条警句。

"感恩"，来自基督教，现在是媒体常用语，有其声，无其魂，因为无知，望文生义，以为"感恩"即奴隶对主人的负债和亏欠，是奴才代表无权者群体向强权放弃自然权利的喏喏之声。

结论：感恩即奴性……

我三点前到。

等你等了半天了。

别急。

我就是心急，你知道的。

我知道。

因为我们太熟了，你会气死的。

……

这条空隙如果嫌太窄，可以保持原样，先摆一摆，不修。

好，我暂时不动。

一些光斑，要适度调暗。

嗯。

对，这里再深入一点，某些局部。

嗯。

加些肌理，刮痕，等等。

这个我觉得不一定好。

行，你决定。

还有，光晕是重点，朝第一幅靠拢。

嗯。

……

你又要跑到啥地方去了？

保利。

那么赶，都四点了。

很快。

来得及。

还要一起吃晚饭呢。

知道。

CLXV

曼达，你来了，这真的是你吧，你带上手电筒，你熟悉所有的路，你还喝酒了，你还没戒酒啊，你坐在马路牙子对面，你忘了吗，快三十年了，这个场景，有一阵不断在我眼前闪过，消失，然后是大笑响彻整个世界，我没有叫错你的名字吧，那会儿你还不叫"曼达"，是小女孩，忧郁疯狂的坏女孩，你天生就是一个让梦想落空的大麻烦，让梦想落空，难道不是我们共同的愿望吗，你看什么都不自在，你是比我们更看得到将来的"堕天使"，你对我们微笑，不要甩下我、不要跟着我、不要不要不要我！

她是坏的，所以你就是好的，你是一支小蜡烛，"蜡烛"！你是最好的，所以你就必须燃烧，你的年龄与你的心智不相配……多少年了，你在那边，我在这里，许多许多照片从书架上滑落，水汀管上接着的管子太热啦，我们吸烟，我们出去透透气，一支接一支，啊呀，这房子真眼熟，哪里，费城的公寓，你怎么想，无法知道，谁是曼达啊……你昨晚说的那个"蜡烛"画家叫啥名字，哦，乔治·图尔，巴洛克风格的，这是一个内心的夜晚，一个小酒馆，一个简陋、封闭的住所里有一个人，一簇小光源，蜡烛光把他的部分照光，他想起了洛丽塔……

（塔塔笔记本）

一个佛教徒可以同时又是一个现代艺术家吗？

绝无可能。

一个佛教徒可以又是一个后现代艺术家吗？

嗯嗯，很有可能。

当然，禅师会说，"一切皆有可能"，所以"现代艺术家"与"后现代艺术家"，都可以成为佛教徒。

如此逻辑，那么，佛教徒与非佛教徒既然毫无差别，非佛教徒即与佛教徒皆为佛教徒。

如此，寰球同此凉热。

阿德先生：

大札诵悉，大作亦一并拜读。

坐在北方亮而无力的冬阳下，忽然有了给你写信的兴致，于是黏在身边那些琐事便远了，另一些你称为"趣味"的东西，渐渐浮游起来，而玄想大门依然闭着。

读到你批评，我特别高兴，理性地讲，我对批评和批评的对象，评论和作品之间的关系正在形成一些新的认识，它们因你的批评而明确了，感性地讲，我一向欣赏你直率、批评的主见以及从你文字里随时透露出来的自由精神，一旦自己遇到，怎么会不高兴！

诚如你所说，每个刊物都有自己的局限，《美术与研究》素以学院性为特色，即使当它的视野面向当代美术，目光也只能是"规定"那几种，这情况并非不可动摇，但现在还不是时机，我正尝试着开辟一些栏目，试图逐渐包容那些用眼睛思考、从主体感受出发，讨论艺术现实或理论问题的文字，给味同嚼蜡的套餐里放上一道美味，尽管丧失了感觉的批评不会在短时间内恢复功能，虽然《城市与影像》这样富有活力的文字不适宜放在鄙刊拘谨的格局当中，可是，欲改善鄙刊的存在状态，确实需要你的理解和帮助。

拜读过《密室里的画家》之后，获知你近年其他文字已结集出版，祈惠赐新著以得窥"全豹"。敬颂

示祺

（无名氏"人类学"残稿）

　　……当博依斯开始演讲的时候，被催眠的学生与听众就把他看作一个巫师、先知、煽动者了……博依斯从来不是一个知识分子更不是哲学家，正因为如此，学生与听众愿意亲近他，愿意让他蛊惑，愿意为他觉醒甚至为他沉睡……

　　反叛的年轻人和不满的听众是不相信知识分子的，这就是欧洲民众欢迎煽动家的深层原因，因为欧洲知识分子过于傲慢了，所以法国哲学家就一个一个模仿了"社会活动家"和"行为艺术家"这两种角色，即萨特的所谓"介入"……

　　法国人太爱虚荣了，法国人"上街"的传统早在十八世纪卢梭就敏锐地观察到了，为此卢梭专门写了《论剧院》尖刻地指出因为有了剧院，男男女女就开始喜欢在公共场合出风头了，那种虚荣必然会变成腐败，卢梭真厉害……

　　但是卢梭的近忧远虑却没有观察到"人民"的激情，人民！解放！革命！

CLXIX

要小心，要小心……

外面，噪音无法传入阁楼里，她那双美妙眼睛，出神的表情，无拘无束，她胳膊肘支在了下巴，一条优美细长的腿遐想着，好像她从来不用她小脑壳思考，奇迹啊，清晨寒意阵阵花香鸟语，叙述这样一位女士简直是苦差，由衷喜悦突然无语，是什么改变了她，只能近距离感受她，却不能用言语来转述，这完全，俘获、停顿、一往情深，最温柔的花，仿佛另外一个体系，不幸的、不舍、灰心丧气，无力履行自己应尽义务，她是唯一欲望，冷若冰霜女友寄来一封热情洋溢的信，信里说"你几点钟起床几点钟睡觉……"她是双面人，我们不清楚，散步好过一千倍……

大愚先生：

如果你让我写完全部的《呼啸麦田风流史》并且在前言中说明，大愚先生曾经是最早批评我的人之一，那该多好呀……

你吩咐的事焉敢不从，为了论证做一次思想实验，但我却懒惰成性，让我从旧作中翻捡篇章就仿佛让我忏悔过去所犯的错误一样，难以回避某些东西避而不谈，不出意外的话我就是有史以来最愚蠢的小说家了，因此我索性寄上一本所谓的散文集《可笑的沉默》，由您或您的助手根据需要剪取即可，如实在不够再想办法……总而言之，人们必须说，散文在本质上就是一种掩饰，恰恰不是表现真实，至少照片，说起来不能做假，其实也不然，因为我从小以来的对拍照的恐惧，我二十岁之前没有留下照片，你可能不会相信，这些年一直住城里才陆续照了一些，但能拿出来见人的几乎没有，还请原谅，现代摄影人人普及，令人无处藏身，连一匹迷了家门的猫也无法逃离现场。

大愚先生，谢谢你的信，使我们在更深一层的形式上达到了从前哲学家的书札往来的美好时光，信中谈及的日常琐事都会过去，但本质上，你我之间的三言两语就是人类学的沉思，也是哲学家必须涉足的领域。

CLXXI

塔塔先生：

南方太冷，所以我就提前回校了……我已经扔掉了好些近稿，其实写得还可以，我在准备一个长篇小说提纲，我希望自己能够写出一部有趣的书，在完成了总故事以后，发现这种逻辑性小说构思是对现实的篡改，所以我要打碎这种逻辑，按照生活本来形态写作，我感到巴尔扎克是一个最不现实的作家，他尊重逻辑胜于现实。

《郊区地图》一定是一本精彩的书，我感到你是一位世俗性的学者，这一点与罗兰·巴特十分相近，你关心的是清晨醒来自己有什么想法和感受，而不关心这一日将会从国外引进什么新概念，或者文学界出现了什么新作品，我所指的世俗是指你的研究前提是基于事实，而不是概念和学问，学问是一系列常识堆积而成的，没什么新花样，我越来越感到除了事实可以相信以外，没有别的什么可以使人信任。

期待读你的书。

CLXXII

（无名氏"人类学"草稿）

　　……我们的品质已经为我们的卑贱而彻底葬送，压迫者的胜利于是就被深深刺痛了……

　　你能控制得了一个有思想的人吗？我们不需要任何有思想的人……

　　在这个世界上每个人的思想并不属于他自己，而是去猜测邻居的心思，可是他的邻居也没有自己的思想，只是去猜测另一邻居的心思，如此反复，全世界都这样……所谓自我一词，不过是平庸之辈，别浪费时间了……

　　一切不能被控制的东西必须消亡，从奴隶到奴隶，一个巨大的圆圈，完全的平等，这就是未来世界，一切都包含在一个词里，那就是全体主义……

（塔塔读书笔记）

　　……卡夫卡在他私人日记中写道，他想把他的全部作品加上一个总标题："逃出父亲势力范围的愿望"，但是他从来就不想真正逃走，即便他已被开除……

　　不仅如此，当时他的处境是"看书有罪"，在他成年后则是"写作有罪"，特别是他父亲对他写作采取斥责的态度，正因为这样，我们才看到《审判》与《城堡》写得十分晦涩沉闷带有传奇作品的基调，他哪是为了某种新形式故意这么写啊，他的寓言和格言写得多棒，尤其是他的短篇小说！

　　……晚年卡夫卡对自己的写作产生怀疑，以至于临终前要求把他的书烧掉，这是一种弥留之际的谵妄，还是长期思考后的决心已定？由于这个计划不是卡夫卡亲手执行，这个遗嘱，那把想象中的火就帮助了后人更正确地理解卡夫卡的作品，或许也可能相反……

　　……说卡夫卡是荒诞是表现主义是远远不够的，小说的意义在卡夫卡那里绝非一堆世俗琐事尽管看上去是……卡夫卡不是无神论者，他对于写作的态度如同摩西对于回乡，所以才在他的私人日记中说，摩西没有到达迦南，并不是因为他的生命太短暂，而是因为那就是人的全部生命……

　　在欧洲，像卡夫卡那样理解小说的，何止他一个？

亲爱的陶尼：

……很难想象你会为这个人的作品倾倒，为这个"假魔鬼"，绝对难以忍受，我都不愿说是一个真正的"堕天使"，达明·赫斯特的作品全是骗局，用钻石与垃圾堆砌出来的繁琐膨胀淫邪形象，全身像猩猩那样长满了棕毛傲慢贪婪骄傲虚荣肉欲完全是一副蠢像令人恐惧恶心尖叫亵渎粗鲁可憎肿胀邋里邋遢淫荡之"假魔鬼"，啊，宁可看见撒旦也不想看到这个丑陋怪物，撒旦在哪里？如此阴悒的天色会想起哪一本小说呢，难道是《呼啸山庄》的无性征兆、自我孤立与肉体痴迷，那种早已逝去的罪恶感……

想起了《呼啸山庄》，希斯克利夫和凯瑟琳放弃了粗野童年的自由进入成人世界被欲望诱惑戒律礼仪敏感背叛疯狂诅咒……从此不再有如此烈度的激情了，因为这个时代作恶的人越来越多。他们作恶全无激情，恶人太多就看不到恶人，于是平庸的作家就虚构出一种新的恶人，叫做"平庸的恶人"，连阴悒雨云都这么失去凶险变得平庸……

（**塔塔的留条**）

当代艺术就不能质疑、不能讽刺、不能否定吗？哲学意义上的"否定"与美学伦理上的"价值追问"，难道不是当代艺术的题中应有之意吗，难道这种内部的反省与来自外部的怀疑、拒绝和反对，不正是今天所谓"众神隐退，诸众狂欢"的常态吗？

杜尚非龙种，彼等皆跳蚤！

塔塔：

我的故事找到了，你想听吗，我必须要一条一条写下来，既不是薄伽丘《十日谈》模式更不是黑泽明《罗生门》套路，而是列维-斯特劳斯的……全部故事中的启示，不不，没有启示，只是呈现一种（其实也远远不是"一种"）关于"地狱即此岸"的古训……塔塔，俄狄浦斯杀父娶母的故事我们都是从弗洛伊德那里听来的，弗洛伊德把这个神话变成了自己的神话：弑父和恋母情结，这个我们太熟了，太没劲了，背叛、隐瞒、不舍、猜忌、误会……全部一笔勾销，就是一个公式，一个术语，一个概念……仅仅这样的神话研究，那永永远远轮不到我们了，塔塔你想过吗，我们为什么不能改写这些故事呢，把它"转向"，把它"延伸"，把它"变种"，一句话，为什么不改变它的"宿命"的各种偶然性呢？

例如，塔塔，我们把"儿子杀父后成为母亲情夫的故事"N种改写：

1. 俄狄浦斯：儿子杀父并成为母亲的情夫。

2. 阿伽门农：情夫杀死想要对儿子复仇的父亲。

3. 俄底修斯：父亲与儿子合作消灭了求婚者，但俄底修斯没了后裔。

4.墨涅吕托斯：情夫（帕里斯）被第三者消灭，他也没有后嗣（儿子）。

5.希波吕托斯：（见故事5，清白的儿子，被诬告为情夫，为父亲所杀。）

这种比较的意义是，每一故事都可以被看成是有关题材的组合，每一题材仅都是一系列变种故事中的一个故事，而我的兴趣，恰恰就是说无边界的故事，你知道的，"故事"在世界上从来没有一个起点，当然也没有终点……

唔，现在我明确知道我要的是什么了，塔塔！

曼达:

我在等你，终于看到夕阳了，真难得，你想吃什么呢？

……朝西房间，编杂志的房间与尚未开始写作的房间……房间不再是舞台而是主题本身，人物不过是过客、影子、痕迹、遗物、证据、气味、名字、呼吸、回声、定义，留下的仅仅是房间……旅行对我而言无济于事，不知道别人怎样，我的局限性何止这些啊……隐藏在房间里写作对我是绝对必需的，这不是迷恋穴居生活，恰恰相反，写作能够忘记你在何处，所以你才觉得你无所不能……至于旅行中的写作，则很像小偷流窜盗窃，除非你写的东西与你的旅行奇遇无关，你不需要外部景观的刺激，你的写作源泉是内生的，它是一种无法停止的自发冲动，甚至你不必写，你只是在想……

CLXXVIII

（无名氏"人类学"纲要草稿）

放弃自己，本纲要是唯一真理；

相信本纲要者，一旦将本纲要作为自己的自信，那就是狂妄，因为本纲要的主权不属于你；

因此，由于人民的不配，本纲要的终极真理，就是不是为了被相信，而是为了不需要相信的服从。

（阿德笔记本）

"诗学并不存在，因为记忆从来就是某种语言结果。"

"很好，我们同意禁止语言，

于是诗以沉默的形式出现了。"

"谈论记忆是羞耻的。"

CLXXX

大愚先生：

很高兴结识你，愿意为你效劳，照片请容我过些日子放大了给你，现在先回答你的问题。

对我有影响的画家很多，这可能是因为我生性多变（爱好的多变），最早喜欢印象派，对莫奈、毕沙罗、德加等的彩色及印象派的小笔触，所引起的丰富性简直着了迷，继而是塞尚，几乎一直到现在我都特别尊重塞尚，他的浪漫的情趣，拼成的技巧和凝重而厚实的感觉让我琢磨了七八年。对毕加索的画，其中特别是二十年代的新古典主义及部分立体主义的作品也觉得非常之好，可惜三十年代之后，我认为他不太谨慎了，好东西越来越少，对马蒂斯及马尔盖、杜布菲、郁特里罗等野兽派，我也十分喜爱。二次大战之后的美国画家特别是抽象表现主义和波普艺术这两个流派，是我目前的主要参考对象，这两种流派我是作为整体而给予兴趣的，对其中的个别人，我并没有特别予以专门的研究，可能因为资料也有限，外文不懂的缘故吧，但其中安迪·沃霍尔、罗森奎斯特，韦塞尔曼等人，可能我更喜欢一些。除此以外，还有两位法国人：瓦沙雷利及杜尚，前者以他的画面，后者以其思想让我钦佩，在古典画家之中提香、格里柯、伦勃朗、柯罗等几位画家我觉得特别的好。在中国艺术中，彩陶，民间艺术，敦煌壁画，麦积山雕塑，历代的陶瓷，及一部分画家，吴道子、八大山人等在我心中有很高的地位。

本人对你精辟和幽默的发言有很深的印象，愿向你学习。

如需了解什么尽管来信，"作品目录"过去从未编过，不知道怎么弄法，待照片印好后再说。

大姐姐：

今天我梦到妈妈了，六年了，妈妈去世后，我一次都没有梦到过她，我想，可能是妈妈最后的两年里，我常常去看她，她打电话给我，买一只苹果，一根香蕉，一枚猕猴桃，或者，一支雪糕，两块桃酥……我去了，一样一样拿出来，她还说，买这么多东西做啥，吃不完的。我说，水果店没有一只一只卖水果的。我买了这几种你要的，每种给你挑一只，你还嫌我买的多，不是你点名的嘛。妈妈说，浪费的，以后不要买了，这里什么东西都有。然后，拉开抽屉，把水果塞了进去，说，你陪我下楼出去走走，你看今天太阳真好啊。

大姐姐，我最近睡眠蛮好，今天清晨我醒了，是一只梦把我弄醒的，妈妈又打电话给我了，梦里没有妈妈的人，只有妈妈打电话的声音，她说，你长长远远没有来看我了。就这样，我惊醒了，翻来翻去想到了许多事，我为啥每年清明都逃避去扫墓，大姐姐你们是知道的，但是，今天早晨妈妈托梦打电话给我，我必须要去了，你帮我准备一下，好吗。

CLXXXII

我梦见自己从梦中醒来。

不是在家里。

妈妈坐在床沿上。

窗外阳光刺眼

我看到远处有山峦起伏

我回头

妈妈笑了

今天的星期天的早晨？

不知道

一队小小的黑衣人走进房间。

领头者取下墙上的镜框

父亲在镜框那边躺在床上读报

妈妈，我们在哪里？

救救我

CLXXXIII

（阿德摄影笔记）

所谓摄影，就是将死或已死的世界涂上了香油。

拍摄一个人，根本无须了解这个人更无须探知他的内心……

通过摆拍，行为举止一丝不苟地恪守礼数，至于其他如何，那个摄影者是不管的。

他们是古代人呢，还是相反，他们是未来之人呢？随你定义吧……

（无名氏某次谵妄状态写作）

　　……她们四散了可是继续可她们都不溺尿不知不觉中她动弹了一个渐渐浮现的反身体装载丰硕石榴满得几乎要撑到爆炸点这真是高潮来临的序幕与饱和的征兆借幻想而把腿搁在健身器上去记住节拍音乐敏捷风格风姿绰约你酷爱黑色紧身裤紧绷屁股练功服 V 字山谷那一瞬间表现全然不（涂去一行）如石所制冰凉大理石爱奥尼亚女神巴拉农神庙屋檐双檐腾飞飞飞飞飞须臾你又像饥肠辘辘的雌猎鹰嗅到了兔子气味就在附近空气中弥漫像对亚洲女孩那样实施奴役鞭打折磨掐至昏迷并挖出她的内脏就像喜玛拉雅秃鹫编的古老神话轮回生死主人与奴仆互换位置被主人捆缚就是捆缚主人国王纸版彩绘喇嘛唐卡永不褪色她的袖子从动作优雅的臂上滑落弯腰之间紫红色眩目地鞠躬伸手触摸一颤一颤的琴键（涂抹去几处）他们坐在花园内周围你的呼吸湿透了一棵槐树直冲云霄荒原大街熙熙攘攘砖地陵墓女巫现身她向我抛媚眼含羞含笑看她那两座小丘大腿上的红色丘疹寒风冽冽厚厚长裤沙沙作响来吧他们走了我们去里屋看画或许会有意外发现她跳跃着气味一只母鸡她钟爱的姿势快掀开你的遮羞布扣子太多了像马靴抬起你的左腿（字迹模糊）刺穿龌龊玻璃天篷院子里瓦

罐枯草怒放它在她的体内呜呜低语大胆花神包围她的王子她
的幽暗历史比这座古老帝都更复杂诱惑无耻……

CLXXXV

曼达：

　　此刻我们这里都是酒鬼，被爱的女人可以有许多离奇古怪的要求，你当然也可以，他们的条件是，每一个女人讲一个故事，讲自己，不肯讲，不愿讲，可以编一个，但是不能讲别的女人的故事，前提是，你要用"第一人称"说这个故事，你是不是说别人的故事，男人们也搞不清楚，怎么样？来吧，还没有开始呢，先喝酒，讲故事要九点半正式开始，来吧来吧来吧……

　　看看他们多么亢奋，女人更是，男男女女，全都拥有某种类似的微笑，今晚，九点半，他们很想认识认识曼达呢，还有女人……

CLXXXVI

曼达：

　　你终于没有来，晚餐是炖牛排，时间慢，大家等不及，一致同意，边喝酒边讲故事，谁先讲？一共九个人，女生五位，如果你也赶得上，那就是六个女人了，阿德提议，抽签，用扑克牌抽点数，第一位叫"阿格伍德"，自报家门，缩写恰恰是"AD"，阿德吓了一跳，她还说她以前是学德语的，阿德差不多要昏倒，大家七嘴八舌一番，AD女士开始讲了……AD的故事其实很简单，就是那种刚刚失恋，迅速找了一个男朋友"过渡期"邂逅，这倒没什么，特殊的，是在一次参加葬礼的时候促成的，四个月后，他们又参加了另一个婚礼之后，这段神奇的情缘就突然结束了，AD女士仿佛多次讲过她这个传奇故事（其实是经历），讲述得非常有戏剧性，好像是在说别人的事，娓娓道来，从头到尾只花了七八分钟，就全场安静下来，阿德等了十几秒，说，"完了？""是的，还要补充什么？"她答。阿德说，"难道，没有什么特别难忘的细节？"AD顿了顿，说，"有，但是，不是我与他之间发生的细节，是他讲给我的关于他和他的女朋友的细节……"我们一开始都没明白，这句话很长，AD女士说，"这应该不算我的个人经历吧？"

还是阿德反应快，说，"这就是你的经历，可以了，你说了一个好故事，谢谢"。

CLXXXVII

（塔塔笔记）

……一个房间连一个房间无穷无尽，它们居然没有实体，一丝丝没有，滑行中像电影院里才能看到的薄薄幻相，朝向纵深不可测量却无法折返，病态的完美自动地如轻雾飘散，似乎走到头了，一个墙角，一扇窗，一幅画，一把椅子，一个蒙面人坐于椅子之上两脚悬空。

……这条街超过了一个世纪，或许已跨过了两个世纪，可以把它看作任意一座城，无边的遗忘压迫寒冬显然离去闻到四处散落新枝槁木逢春美艳腐骨婴儿坠地，我看到前面那个人，他没有回头，没有停步的意思，那又有什么紧要呢，他在他的世界里，他徜徉其中。

……惯于被诽谤的性感有时候根本不需要花街柳巷的流莺，冷冰冰的物质胜过我们自身的火焰，当妖冶的金红色鞋子以及驼曲身腰在等待未来的盔甲男人阴影重重某位陌生女郎以奇迹般华丽面孔出现，玻璃门都要嫉妒得战栗呻吟起来了看哪她比一首十四行诗更美从暴政下解放喘气吁吁迷失在成见之花丛中。

（大愚读书笔记）

……当卡尔坚决反对一切宗教的背后隐藏着他也许并不意识到的神话崇拜时，即便他倒退式的哲学人本主义巧妙地进行了黑格尔辩证法与历史决定论的包装，他还是确实拥有了足以吸引一切叛逆者的魅力，历史将成为他们进行革命的舞台，而为此付出的所有巨大代价，统统是一个无神论世界所允许的，因为没有了神，就没有了任何约束。宣布宗教死了，其实是宣布神话又开始了……海德格尔说得很传神，"人不再向上帝祷告，也不能向上帝献祭"，但是他忘记说，人开始转向英雄祷告和献祭，祷告是将英雄抬上圣殿，献祭则是大规模流血……

CLXXXXIX

（阿德笔记）

……这个自古以来的传统很漫长，我们陆续读到很多神话和传说，东方的、两河流域、北欧、非洲还有美洲，最古老的神话里，大量的神都是女性的，人类早期社会，那个时候是"天、地、人"的世界，城市还没有诞生，由于对神话图腾的敬仰，女神是被各个地区的原始民族作为神来膜拜的，中世纪前后，欧洲出现最早的近代城市，人口扩张，男男女女开始密集地居住在同一个城市，出现了公共空间，很巧的是，也是迟早会发生的现象，欧洲爱情小说就从中世纪那会儿开始诞生了。

欧洲近代城市生活催生了欧洲三种类型的小说，流浪汉小说，爱情小说或者说偷情小说，还有一种是犯罪小说，即侦探小说。

这三种题材的故事有一个共同前提，就是在城市里产生了大量的陌生人，男女之间的爱情机会增加了。古希腊的男女众神，《荷马史诗》里面的众神都是亲戚，兄弟姐妹乱伦，都近亲通婚，就像在非常小的村落里，大家一起群居，罗马帝国疆土扩张，人口流动，男女的两性交往就变复杂了……包括中国也一样，"三言两拍"和《水浒传》常有男男女女在寺庙里邂逅，一见钟情的故事出现，男人看到一个陌生女人就是一个性对象，除此之外，他并不了解这个女人的身份和社会背景。这种性关系是否可能的欲望开始确立，这种男女关系只有在熙熙攘攘的城市中才会发生。特别是因为婚姻、财产带来的，妓院、卖淫带来的所有小说素材，都在人口很密集的一个区域里不断发生，凡是流动人口众多的港口或商业城市，妓院与夜生活也相应地繁荣了。这是发生在近代的男女之间的问题，文献资料和文学作品为我们留下许多证据，但是我们看不到古代男女之间有多少的社会不公平，或者这个在今天看来的不公平，不是由于男人的阴谋设计，而是一种自然分工形成的状况。两千三百年之前的《旧约》说，耶和华要男人种地，女人生养孩子，这不意味着要把男人和女人限制住，摩西生活的那个时代，埃及、迦南就是一个古代农业社会，生产力就是这个状态，《圣经》只不过是一个象征性的描述，重要的信息是，告诉女人要辅佐男人，男人也要爱护女人，直到现在基督徒婚礼也是这样宣誓的，它就是传统，这个传统什么时候一度中断的？十九世纪以后吧……

CXC

（阿德笔记）

讨论"小说的真实"与"小说的虚构"总是会扯皮，近代小说这个词来自法国"罗曼司"，通过英文翻译又从汉语转译，"小说"这个原来的法文词义失去了另外两个关键的"意味"，其中一个延伸义是"缺乏真实感的叙述"；第二个延伸义是"这完全像是一部小说"……至于在英文，"小说"指的是编出来的东西，就是"虚构"，虽然它是很严肃地写出来的……唉唉，到了中国五四新文化运动这个"小说"是怎么定义，我不知道，反正我知道中国人的"定义能力"是比较糟糕的……

显而易见，当代艺术一个潮流是幼齿化，年轻人构成的群众，仍然是群众，仍然是乌合之众，难道不是吗？苦闷变成了游戏，抽象简单地转换了贴士，新的语汇与新的流行，反复无常的平常之物，每个人的随身携带品，短暂易逝，十五分钟后就抛弃了它，没有定义，只是识别，"幼齿化"的当代艺术之任务就是保持一种群体性（即便是年轻人）的行动连续过程，新鲜的、眩目的、无意义的符号变体化为"新群众"的虚拟世界，一种速朽的"刻板形象"。

CXCI

亲爱的陶尼：

陶尼，你知道我"憎恨完美"，只有残疾病态永恒不变……
你怎么啦，居然做出那么矫揉造作的"完美作品"，这不是
一种病态吗，你可不要像他们那样常常在我面前声称：我是
完美主义者！

哦哦，那无用的完美，高级趣味，鉴别力，令我厌倦，
它们早已发霉了。

观念艺术，绝非是那些可以用语言描述的一组概念，它
根本就无法摹仿，所谓被定义为艺术中的观念，或者一种神
秘天启，一种罕有人格背后，有体内化学因素起了作用，腺
体分泌，心理障碍，躁狂，沉郁……这一系列的"现代表征"
真是大师们的灵光一现吗，说不定，它其实只不过是某种神
经症的病状……解剖大脑深处可以看到"杏仁体"，它的正
常功能目前尚未明了，却被发现这个小小的"杏仁体"一旦
异常膨胀变大，就会让一个人比平时更富有攻击性，我们通
常看一位艺术家，或看一个人，他的作品，他的行为，为什
么那么暴力那么疯狂，可能无关他的修养与自控力，更不是
"艺术风格"所致，你们以为这属于艺术史，其实应该属于
人类脑神经病症案例……有些画家作品非常安静，或很骚动，

我们把它看成风格，这个表现主义，那个形而上主义，全是皮相的形式分类，为什么你学不了他，因为你是一个"寻常人"！

陶尼，你我都是寻常人，千万不要忘了，千万不要"表现"什么，更不要"完美"什么啊！

陶尼我是爱你的，我爱你的天然，而非塑造……

（阿德留给家葆的便条）

当我听到魏牧师喋喋不休，便故意装作十分同意他的样子，于是我就欣然了

我喜欢那种爱表现真理在握的人

CXCIII

大愚兄：

好久没有音讯，倒是挺惦记着诸位朋友近况的，我们这里目前没太多的事，每周学习两次，单位里一人住院，一人出国，其余均无恙，至于接下来会怎么发展，现在也实难预料，或许会有调整吧，我现在已不管事，将这一堆事交给 H，我乐得做甩手掌柜，自己也不写东西，整天百无聊赖，看看闲书，八月上旬准备到大连去几天，散散心，反正费用由别人承担，只是这里无法请长假。你们那边诸兄如何，听说 L 有点小麻烦是吗，其余呢，许多话信上也不便讲，匆匆写一封信一则报平安，一则问平安，盼能得到你的回信。

撰安

大愚兄：

　　回忆起那天在你家的聊天，给我启发极大，特别是你提到了文学的现实及现实中的非现实等问题，想到不久之前我还在高喊现实主义口号，实在是好笑的，这一面虚幻的旗帜没能指点迷津却几乎让我什么也写不出来，正如你那天在办公室开玩笑时所说的，我只能是一个伪现实主义者，这期《文学观察》上有段尤奈斯库的文章，让人击节叫绝，他说"现实主义并不存在……唯一真实的是发乎内心的，无意识，非理性，意象，象征等等，它们比真实、现实主义更真"，还有他引的贝克特的话：人如果没有神，没有形而上学的东西，不能超越世俗的话，那便是堕落……他们说得太棒了，大概你已经看到过？

　　从上月三十一日开始写东西，已写完了一个八千字短篇和一个五千字短篇，我有不少篇东西在你那儿，大概已被你遗忘，那就请你继续遗忘吧，我自信手里的东西有所飞跃和突破，到时候给你看！

CXCV

（无名氏笔记）

　　目光内视，行尸走肉，思想输给了呆滞，在天际边缘忙碌空想，伪装即忠诚，迷信者掌握尺度，胆怯就是了不起的勇气，梦想不可企及，抱着敌意，胜利唾手可得，自绝自弃者，黑暗的惟一妙处，是它能帮你看见最微弱的星光，必有人将遭厄运，善举是种恶习，还是什么都不做，老天爷突然闪电回马一枪……

CXCVI

（葛教授讲义之一）

　　……即便是真心实意地想重新尊孔学儒施仁政，起码要表露出两种表情：仁慈与忍让，此乃儒家所谓的"仁"。高赋税在传统中国一直是暴政的表征，即横征暴敛，华夏文化有悠久的抗税抗命伟大传统，儒家更认为，重赋代表了国家的道德缺陷……上世纪九十年代的经济学家奥尔森在《独裁、民主与发展》一书中提出两个所谓"世界最初"的野蛮状态，起先是"一帮流寇"军阀割据，纯粹是掠夺性的强盗；到了机会成熟，流寇就变成了"坐寇"并为自己和自己的后裔冠上高贵的名号，自称合法统治者且君权神授等等等等，其实不过是由流寇演变成的"坐寇"而已……

阿德：见信好

电影公司朋友尚未和我联系。

上回提的艺术家文字（后来算一下），文字不宜过短，否则会谈不清楚问题，到底写出来多少，按你的灵感而定吧！

《金陵画刊》G 先生来信中提到你文字尚未收到，他颇想得到我个人材料，含批评文字，由于种种原因，我不愿马上提供，如提供，你的批评文字是否也寄去，你意如何？（曾在《争鸣》发的那篇）

另，你在提供艺术家的文字时，请附一份你本人的简历，便于我那位朋友推荐，注意，别忘。

贝格兰来信，提到希望见到我的小型油画或纸上作品，假期里打算搞二三幅（纸上）此作品可能和前段作品不同，具体的是将原来观念极端化，即，将敏感性的临界点纯化。

目前尚不清晰如何面貌，出来后再向你提供照片和文字，我想，这类作品可能属于往后计划的观念形象的训练的一部分，可能是必须的，否则难说进步，仅对我本人情况而言。

待贝氏来，还望你大力提携，再谢不另。

CXCVIII

（塔塔读书笔记）

......镰仓时代的和尚明惠上人画像，比梵高自画像早许多，梵高的自画像姿势似乎仿效了明惠上人，无从考。

可考的是，明惠上人留下一段遗训，云：凡修行佛道者，无须求全责备，但若醒于松风，邀月为友，自然天成，进退自如。

梵高那边，亦有考，高更曾将梵高的像画成了耶稣基督的幻影，梵高说：这的确就是我，不过是疯狂时候的我。

两种状态，同一境界啊！

至于"抄袭"，这个词是什么时候发明的，有考吗？

CXCIX

曼达：

　　我从金陵回来了，会议开得那么小心翼翼，人们之间谈话失败，各说各的，并不是因为缺乏智慧，没耐心，而是他们个个太自负，每一个人都希望谈论自己，或是自己感兴趣的话题……不过，昨晚总算话题集中在一起，关于那个"无限复制"与"署名案"有了新的进展，抱歉啊，案情越发诡异，你看过《罗生门》吗，一个精神病人如何变成大艺术家的灰姑娘故事，抱歉，影子是歪的，每一句话都是谎言，而谎言就是真相，大家一起猜吧，非现实的鉴定家，害怕现实，他和他的秘书装出微笑，据说他们去了南美洲，想去拜谒西盖罗斯，还有博尔赫斯，谣言到处，好兴奋啊好刺激……最令人难忘的，是那首诗，竟然是一字不改抄袭的，真是了不起……这一切所显示的，是日本式的暧昧，而不是耻辱，你相信吗曼达？一个昔日俊美的男人，就这样蒸发了吧，我们通宵讨论相伴到黎明……

　　还有，关于拉拉的八卦，也有新的进展，据说是旧闻，可是，刚刚披露的历史秘密，不就是"新发现"吗？

　　希望这个世界没有搞错。

宗萨法师座下：

惠寄人民币玖佰元，已如数收到，并抽出叁佰元送宝峙居士，彼不久另有函覆。

前日去武进拜见荣坤居士，临走时彼嘱弟写经，深感不安，想起去年底，法师天寒地冻赠弟墨宝曰"良宽和尚说平生最讨厌厨师的菜画家的画书家的字"，不啻是当头棒喝，惭愧惭愧，荣坤居士用意甚好，却不知弟自觉无把握耳。

道安

塔塔：

近接闻，老大筹划的澳洲古亚轩和两大博物馆委托的专题中国展览，协议书听说该展还将往洛杉矶、汉城和西欧，最后在香港拍卖行拍卖，考虑到我作品少，同时在明年又有柏林和阿姆斯特丹展览和英国牛津美术馆的计划，故，其中选择取舍，颇费神。

近日仍在读书，主要在研究渡边一雄的《战后日本现代脱逸史》和日本几位艺术家（主要是"物派"），同期几位西方大师，之间的比较、学习和策略，知己知彼，各自的背景。

颂

春节好

曼达:

　　（略）也许你不知道克尔凯郭尔这个人是谁，这不重要，不过，这个人有一个怪癖跟我相似，他也写作，为自己写，而且用假名写，用假名发表，我也是……昨晚上阿德问我，为什么这一年来，我的话越来越少，甚至完全沉默，我只是微笑不语，其实，我是想回答阿德的，但是奇怪，我居然说不出第一句话，特别是，他们都聊得热火朝天，我的声音却那么轻微，一开口就被他们的声浪淹没……我想解释，或者尝试解释，结果，我还是放弃了，我想我可以肯定自己的说话功能受到了某种损伤，原因不详，而我面对面的交流欲望，很明显消失了，最起码变得可有可无了，克尔凯郭尔与我不同，他用假名写作，是把写作作为一种类似使徒的声音，所以，写作人的名字是完全可以忽略不计的，但是我不是，我沉默不是因为我不能说出真理，而我的真相仅仅是"无意说话"……

　　曼达你数次问我，你在写什么呢，你不介入朋友们的闲聊，只是旁听，这是为什么呢，曼达我真的无法回答你，你看，我偏偏为了这事给你写信，岂不莫名其妙啊，我都不知道这是一件多么可怕的事，上帝啊（中断）

素芳姐：你好

　　昨天收到你的信及两张照片，望你放心，我把照片给王琪她俩看，她们都夸你很年轻，比起你们同事要年轻。

　　最近王玲在何园附近买了一座楼中楼别墅，非常大，花了叁拾万元，正在装修，王琪也买了一处三室一厅，靠近王丽家很近，扬州润扬大桥工程要成功，听说铁路也在施工，大概明年可以通车。

　　因为"非典"影响，前一阵娱乐场所和公园大开放，不收费，马上人山人海，我和王丽去了何园，人太多，没意思，瘦西湖他们说更人山人海。

　　王琪同事前几天出差上海，说马路行人很少，还戴着口罩，我想象不出是个什么样子。

　　素梅侄甥女好吧，她有男朋友了吧。

　　祝你

　　健康长寿

素芳妹：

接六月十五号惠书，告知你的近况甚详为慰！你的新居住久了，住惯了，自然觉得很舒服，我这个破旧房子，现在是我一个人住，倒也清静，生活秩序也觉得颇便利安定，最近气候倾向于风凉，最高气温有廿五至廿八度，夜间要盖厚被子，席子还受不了，我每晨七时起床，买一块粢饭糕，一杯茶，到友人家去闲聊半小时后即到附近菜市场买小菜，如洋山芋、番茄、洋葱、辣椒、黄瓜等各一二角钱，一个圈子兜到阁老厅，回家生炉子烧茶吃，十时烧菜，中午喝黄酒少许，油炸虾尾下酒，吃小菜，另外烧一小碗面条，即可充饥，午时不煮饭，由于饮了酒，即想午睡，两三小时后，起来活动一下到四时至六时止，至县图书馆看《参考消息》《团结报》《解放日报》和《电影画报》等，对国内外新闻有所了解，最近县委给我复函，说退职下放与"反右斗争"无关，我立刻复信，说当时情况，有同事十多人可资证明，不过目前我希望的是能恢复松陵镇户口，以解决无房无粮问题，请县委照顾批准，且等候他们如何答复，我仍住在这幢房子里，暂时没有变化（缺页）

六月十日三弟信中，已提及你叫他给你信的话，不知他有信给你吗？你们准备九月间同赴苏北一游，那是很好的，但是我经济条件和健康状况还不适宜于远行，另外，我心里还是热衷于上海大城市，各人旨趣不同而已，我还是每天去图书馆看报刊吧！

　　祝夏季生活愉快

塔塔：

告诉你一件事，只告诉你，塔塔，你要保密，关于我正在做的作品，这个作品挪用了七封信，四封信是我私人的，三封信来路不清，我使用了其中的一部分，每一封信的一部分，有些是文字，有些是直接的信的物质，"文字"是引用的，没有写信者的"笔迹"，所谓"物质"，那就是"物质笔迹"了，我把纸质的它们粘贴到作品上面了。

我记得，马克斯·恩斯特曾经画了一座花园，他自己的花园，没有人对他的花园在意，他们只关注恩斯特画出来的花园，而不是那座作为原型的花园……终于，花园画完了，恩斯特在花园里走一圈，他发现他忘了画一棵树，于是，恩斯特做了一个决定：他立刻将花园里的那棵树，砍掉了。

好了，我告诉你的秘密：我学了恩斯特，我把那七封信全部烧掉了。

只有你懂这个秘密包含了什么意思，塔塔。

曼达：

我拿天来给你做礼物，在天上，你将成为一颗人们所瞻望的星……可是我要向你坦白，我的品味有点病态，我收藏了一些"坏照片"，许许多多，你、朋友、路人、陌生人，还有翻拍的烂照片……技术上的"坏"、品味上的"坏"、主题的"坏"乃至道德上的"坏"……悲伤，凌乱，粗俗，脱离，混乱，不为美的留驻，只为存在的留驻，只是存在于此，只为今天所有的一切……

（大愚读书笔记）

读列奥·施特劳斯怎样读施米特，探讨人类事物的秩序。

无序是一种非常状况之下的秩序吗，然后政治先于国家，最后国家就是政治，它们永远是冲突的，只要讨论政治理念，所有概念与术语的解释，都必须是彼此对立的，甚至具有敌对性，局势的迫使。

清楚了吗，施米特陷阱，政治的一切表现为权力的争夺、反对与迫切，总而言之，对手，除了对手还是对手，隐藏和公开的、危险或疑心的、遗留的及制造的。

CCVIII

曼达：

　　……我们都有自己的眼睛，我们无法同时看到二十七个方向，但这并不意味着我们总是迷路，不过，一个人不可以同时是三个教会的成员，你参加了一个组织，必然就不能参加另外的许许多多的组织，但是这也并不意味你将与世界上的人为敌……

　　……人们宣传自己的文化、宗教和偏爱的特殊性，认为它值得广泛推广，他们错了……一个掌握三种语言的人并不比只会说一种语言的人更好，我们要实现平等，但不意味着一个人必须了解许多他人的世界，世界主义梦想的实质不是你走遍了全世界，而是人人独行其事永久保守自己……

拉拉：

　　昨天有人找你，看起来不像医生，也不像教师，他听说你搬走半年了，起先一动不动，然后，他大吼一声，巨响，你怎么会有这类人来找你，不会是追债人搞错了？

　　邻居家的狗都狂吠起来，我赶紧向邻居道歉……这个人你认识吗，个子很高，穿着很讲究的。

　　女人读什么《尤利西斯》啊，乱弹琴……那个1904年6月16日怎么就变成庸俗的啤酒节了，历史上这个日子跟布卢姆啥关系没有，从乔伊斯私信看，这天他在都柏林溜达认识了一位女士叫诺拉，就是搭讪上了吧，同居了好多年，最后做了他妻子，可是诺拉根本没有读过《尤利西斯》，她与伍尔夫一样正确……

　　小说中，这个毫无意义的日子仅仅是"平常之日"，说穿了根本不足挂齿，谁纪念它，谁就看不懂乔伊斯……乔伊斯写这个碎片故事不是叫你们还原的，它必须如其所是地彼此分离，它从来不是情节片段，只是活力之要素，它跳跃，增值，失去，自我融合，也可以彻底忘记……

　　唉，算了算了。

　　你没事啊！

（无名氏"人类学"草稿）

对同一体系内的任何一个细小问题

都会有认识上的差异

它如果都能够忠实于认识坚持不懈

那么迟早会使持有差异认识的人分离开来

敌意就将在此诞生

内部分裂

表现为"坚持己见"的副产品

佯装宽容大度

放弃陈述不同见解的权利

结果必然导致停滞与僵化

放任这种局面的出现

"默认"

于是最大的罪魁

收回自己的"敌意"

使局面归于和平

就是纵容"对手"的敌意畅通无阻

继续保持"既成事实"

敌意被掩盖

被拖延了……

拉拉：

天天看展览，天天酒会，天天收到请帖，太没意思了……拉拉你知道有一个段子吗，别人告诉我的，讲的是毕加索，毕加索对参观展览毫无兴趣，尤其对他的同行画家的展览酒会，他说：你要糟蹋一幅画，只需把它很好地挂在钉子上就行了，因为那样不久以后你就看不到绘画，只看到个画框……什么意思，你自己想，你不是很聪明吗？

还有一个段子，也是毕加索，他早期的，比较励志，毕加索见到画画的朋友，第一个问题就是：**近来画画么**？他从不问：**你是否在举办画展**？

嘿嘿，我很像毕加索，不好意思，我总是到艺术家画室里去看画，我的一本书就叫《不存在的画家》，我对我的朋友们出名乐观其成，可是到了那个时候，我就不怎么感觉刺激了……

CCXII

亲爱的陶尼：

　　……我在房间里待了很久，他临终时候说过的话，搞得我无法释怀，"我不感谢你，你只做了你应该做的"，真的，我想我当时表情一定很愕然，他也发现了，所以他把他的眼光移开了……墙上是一张黑白凯奇的大照片，凯奇开怀大笑，一张光辉的脸，两颊瘦了还有那么光辉，我爱凯奇，每当我深深陷入无聊，无所事事，无因的沮丧，只要想到凯奇，我不论做什么还是什么都不做，我就安静下来，空虚瞬间变成充盈……像凯奇那样涂鸦，无意识地写作，他的绘画和他在《4′33″》中所要表达的其实是一种相同的理念，那些看似非连续的形象，没有固定中心，也就取消了终极意义，是另一种沉默的话语，这沉默中，书写本身就包含了一切可能，这样想，书写就是世界，书写不是在叙述某个具体物，而是告诉我，我就在那里……

（阿德笔记本）

上帝不是人类思考的结果，而是无法思考的结果……一切存在都是证据，唯上帝不需要证据，因为祂是一切的原因与证据。

其实，疯狂、虚无主义与唯我论等等，就是颠倒的神创证据，只是表述形式和口吻略有不同罢了……

曼达：

昨晚回家拿钥匙的时候，脚下有一只流浪猫，我迟疑了，它在叫，是饿了吧，你晓得我从不养猫，更不会收留流浪猫，我想，你要在，你又会做出什么举动呢……

收留一只猫，意味着什么呢，某种"居留"，闯入，多了一个生命，伴侣，给它取名，让它找到庇护之地，然后，某一天下午，它失踪了，或者说，它不辞而别……为什么女人与孩子都喜欢猫猫？巴尔蒂斯八岁时候，以自己的小猫为蓝本，画了四十幅连环画，后来在诗人里尔克帮助下出版了……

巴尔蒂斯一生喜欢猫仔，许多画家都喜欢猫仔，还画猫，康定斯基好像没有画过的记录，但他也一样养了许多猫，后来他的画挡不住地走向了抽象，但是他怀里的那只猫，却始终是具体的。

此刻你的猫咪呢？

CCXV

陶尼，亲爱的：

那天下午带了山姆散步，可能是他见了野猫，紧张出一种战斗的气氛，本来黏人的家伙瞬间给我颜色，伤了我手指，这两天我还在生它气，也不给它好脸……另外一只黑猫呢，我就没空想它了，我看它活得也不错，随它去吧。

弄回家，天气也不暖和，要给它洗澡，洗了又怕吹风机，不吹，感冒了，我就又要受罪，实在没有精力，大猫是寂寞的，寂寞就寂寞吧，谁不寂寞了，何况，猫也不是群居动物，自小出生在我家，其他猫因为种种原因都清理了，就留了它，当年留它也是五只小猫里，属它黏人，生人熟人都如此，巴掌大小，摇摇晃晃一只小球，会沿客人坐在那里的裤腿攀爬而上，讨人喜欢，猫的好处又是没有那么黏人，特立独行，你可以陪它玩也可以不陪，你愿意理它就理它，它对你也是如此，这样的关系是最舒服的，亲密有一定距离，保有彼此空间，这是人类寻求的一种关系。猫圆脸大眼属于人类的审美标准，我的猫不太叫，晚上就睡在我脚底或者两腿之间，除了饿会发出绵羊一般哶的叫声，平常是不说话的，它有时候会在家门口接我，蹭我的裤腿，求抱，会用鼻子隔着两三毫米嗅嗅我的唇，示意亲密，它不喜欢别人摸它的爪子，喜欢被挠头挠脖子，除了出去会突然变得陌生暴虐，平常一点儿没有脾气的。

还有呢，我刷牙的时候，它会凑过来喝我手里口杯的水，我沐足的水也是要过来喝，好性感哦，对，我放在茶杯里的水，它会用爪子掬起来再用舌头舔……

嘿嘿，说起猫，尤其是山姆，我的话都特别碎，啰嗦，很久没有写信了，将就看吧。

晚安，少抽烟

CCXVI

（塔塔小剧场作品方案之一）

　　"带上你的投影仪，还有阿斯匹林、滑石粉……"

　　"这些日子，最后一次了。"

　　"向你告别……"

　　"我不太容易理解……"

　　"再过两个钟头火车就要开了。"

　　"你真幸福。"

　　"哪里都一样，保重。"

　　"记得程序。"

　　"谢谢你的馈赠。"

　　"嗯，诸位，还有两分钟，那个争论……"

　　"哪个？"

　　"人类究竟是一种什么动物……"

　　"不是动物，是物种。"

　　"没时间了。"

　　"人类是一种爱争辩的动物。"

　　"人只分两类，强与弱。"

　　"又来了。"

　　"男人和女人。"

“去你的。”

“强与弱，尼采说的。”

“不，是休谟说的。”

“是吗？”

“尼采把人分成两种，健康的和病态的。”

“为什么呢？”

“是呀。”

“尼采真病态啊。”

“时间到了，诸位！”

“我恳求你们了，这完美短暂的时刻……”

CCXVII

（无名氏"人类学"草稿）

这是一个轻松的决断，大家都接受了，不会有人拒绝，否决只是幻想，翻盘的机会渺茫……

一个萦绕不去的梦，删除并不一定与谎言有关，虽说遥远，也未必跟某种真相有关，很不受欢迎的代表之一，无法到达那里，删除的期待效果是沉默，只有沉默不能被再一次删除的天堂，通常人们将它称作放弃……

经历过多次被删除的人，仍然相信他们的未来是有希望的，历史与他们的记忆将会因被删除而强化，至于那些隐形删除者，作为利维坦机器的一只齿轮从来不能生成自己的声音，当某个偶然的历史意志终于无法忍受时，被删除者的权力就以喜剧形式得到恢复，那些沉默者也许已经忘记了他们体验过的被删节笑剧，删节也就变成了被严肃讨论的虚荣荒诞剧……

于是，大裁缝就是一篇伟大的短篇小说巨著。

陶尼：

　　成功不是一切，如果当时我们逃课，世界就像今天这个样子，肯定不会，你也不会认识曼达了。

　　我经常想起二十年前的事，夹竹桃，操场和食堂那会，下午一片平静，那平静哪去了……幸福的年龄，啥都没有，啊啊！

　　想想，今天话题多无聊，常常有人在我耳边聒噪，这个好，那个不好，或者洋洋得意地说那个是经典，斜斜嘴皮说这个不过三流货……老讲这些有意思吗？

　　好还是不好，经典还是三流，它们全属于外在世界，你咬得动吗，吞得下嚼烂它，变成你的血肉，但你只是观览它们，然后争论谁比谁好……

　　我则与他们不同，我不在乎"好与坏"，我不是鉴定者，我只知道我要什么，"要，还是不要"，你不敢要，不配要，再好又有什么意义？

　　当你一不小心撩开现代艺术帏幕看到真相时，你也应该明白现代艺术的真理了，天使与堕落是一回事，既没有原创也没有抄袭，而模仿不过是所有人的原罪。

　　当然，欺骗与掠夺是同一宗罪。

陶尼：

　　再补充几句猫的话题，我都想起来了。

　　比如，猫随时可以睡懒觉，想睡就睡，白天睡觉是乱睡的，山姆最喜欢阳光，无论什么季节，就身子伸直了晒在阳光里，觉得惬意舒适得不得了，两年前吧，有一天我开了窗户，它在哪里溜达，我急着上班的时候来不及，就忘了这件事情，关上窗找不到它，当时没有多想，猫就是那样，你也不知道它会躲猫猫，藏在什么地方……下了班，发现它还是不在，当时男朋友歇瑞第一个反应过来，说山姆它应该是掉到楼下去了，于是乎，我和歇瑞轮番叫，果不其然，它听到我们喊它，它躺在一楼别人家庭院角落哀哀地哼哼唧唧呢。

　　抱回来，一检查，发现山姆一侧尖牙的尖角处磕下来，正好刺在它嘴唇最外部的薄皮处，还好，其他伤一点儿没有。

　　一直说，猫有九条命，大多从高处跌下来，死的很少吧。

（阿德笔记本）

……包豪斯，首先是工程师，而非艺术，他们依据某一特定的计划来确定手段，设计、方案、原料、工具与一套参差不齐的元素表来表达自己……

在纽约大都会，那些早期几何抽象主义绘画已罕有人围观了，普通大众都是忘恩负义的，虽然他们天天使用或享受着近一百年前由包豪斯开启的所有现代设计成果，而这种形式就起源于魏玛时代，平面，直线，抽象，结构，观念及其原理，大面积平涂色彩和几何形硬边处理方式……

绘画不再模仿三维自然世界，开始创造一个理性的秩序、结构与抽象世界……

瓦萨莱利二战之前就读于包豪斯，他是奥匈帝国人，也算东方人吧，他的平面绘画和几何体雕塑，使传统绘画雕塑成为不合时宜的术语，必须用两度，三度甚至更多度的造型艺术来表达才更确切些……

修补匠和工程师的区别，是对于符号定义的一种延伸，工程师代表的是一种幼稚的语言学观点，他们是一个群体，他们将能指神秘地变成一种透明物，俯视着一个独立的所指……

CCXXI

（无名氏"人类学"草稿）
　　孤独—排斥他人，群体
　　联合
　　同盟不过是暂时的相互利用
　　向一个共同体榨取
　　服务的回报
　　依赖—奴隶式—虚弱者
　　示弱
　　上帝创造世界，文化划分边界
　　界内和界外，广义的"内耗"
　　思想的一致，国有化
　　单一目标，（不习惯差异，哪怕是思想侏儒）
　　强加他人的习惯
　　"控制"无意识
　　一体化的危险，（对／错）
　　温和的，放任的
　　当大多数人开始思考的时候，
　　"低水平"是必须要出现的
　　"民意"及"民意"的来源、旧残余、教育水平、个人能力、互动、表达困境……

　　基于我们与生俱来的敌意，以及后天形成的族群偏见，我们对某一类事物的排斥常常不加思索，也无须明确理由

　　我们反对一个人或一本书，无须熟读，而只须陌生、隔阂、误解、歪曲，不顺眼就足够了！

　　这才是文化内部战争和外部战争的动力所在，

　　而文化无非是一堆偏见！

（大愚笔记本）

1. 使用概念，频繁引用，以形象语言描述它们。

2. 将普通事物，转述为非凡事物。

3. 解释自己，使这种解释通向另外一个疑问。

4. 表达训练。

5. 自发性，有时候要刻意强调，有时候则相反：要隐藏。

6. 记录，未必要理解。

7. 熟悉范畴，以私人的理解改变它的涵义。

8. 要把事实说成想象，就得学习点心理学。

9. 可以承认挫折，却不能承认失败。

10. 未经讨论的计划，可以在作品完成后再补上。

11. 概念不是艺术的奠基石，概念是一道风。

12. 哲学通向无限，最起码在接受采访时。

13. 用反问回答重要问题，比较奏效。

14. 越没有意义的地方，语言游戏正好在此逗留。

15. 饶舌是沉默的前提。

16. 怀疑总是不会错，主张却免不了有漏洞。

17. 不要去对哲学家讨论哲学定义，记住：艺术家拥有可以滥用哲学概念的特权。

CCXXIII

（阿德笔记本）
整天躺着
做一个惊悚的看客
无法接受
只能逆来顺受，为它撒谎
哈哈大笑
然后，束手就戮
回忆是免费的
所以人们觉得犯不着……

多多：

　　终于到了三月底，莫斯科河上冰块开始一块一块地融化了，屋顶和大街上的积雪也流动起来，去年的灰尘到处在飞扬，它们树却还没抽芽，已经等春天等得不耐烦了……特想家，想你……最近的食物供给比去年刚来时稍稍好一些了，昨天，我居然买到一箱埃及橙子和一箱冰冻雪蟹腿，你能想象吗，几个月里，偌大食品店基本空空如也，偶尔推出几推车牛奶或香肠出来，要排好长好长的队，通常是无望的，可是，像昨天那样，突然出现一批橙子和雪蟹腿，简直匪夷所思，简直是奇迹了，所以，接下来一个月，我将只吃大螃蟹了，但是，仍然没有鸡蛋没有肉没有蔬菜没有大米，面包还是凭票供应，我们还是躲在学院里，莫斯科对我来说，还是那么陌生，甚至比以前的想象更加陌生，老师继续上课，但是，"苏联"这个词，一个晚上就消失了，我们都不知道以后会怎么样，去年圣诞节之后曾经有不少传言，慢慢又没有证实，我们好像被遗忘了一样……我们反正是国家官派的学生，只能等，等待消息，国内的消息，现在我们每天只能想着吃的，真羡慕你哦，随时出门就可以去吃一碗片儿川，哎哟，好想念……

　　附信寄上照片一张，上星期去红场拍的。

　　盼回信

CCXXV

淑贤妹：

4/26 信早已收悉，从五月一日晚九时半以后我才获得安静，原因是，给人做养子的汪成文又从上海乘夜车于 4/28 一早来到我的身边，据他说，他于 4/24 由吉林市乘火车至大连，改乘轮船于 27 日晚抵达上海，见到建中后，由建中将我的地址告诉了他，他就马不停蹄地由上海零点夜车来宁，居然一路顺利地找到我的住处……在谈话中，我了解到他现在吉林市第一建筑工程有限公司工作，并已与一位在吉林热电厂工作的名叫宋宝丽的女子在一九八七年一月份结了婚，生下一女已十八个月，他的养父分到一套二室一厅二楼住宅，冬季有暖气，烧饭用液化石油气，一家五口人过得称心如意，他此来据说是想到爸爸年纪大了，不放心，所以前来看看，我正感寂寞无聊，他来了我还是高兴的，他看来几乎没有病，比以前几次情况都好，不过，我还是疑惑，他这次来看我不是真心实意，而是一时心血来潮，贸然动身，从他来时看，既没有一套干净整洁的衣服，又没有带牙具和换洗衣物，身上不名一文，当他见到建中时，建中叫他到宁找我，他说身上无钱，于是建中给他一些零钱，当晚乘公交车至东站，据说没有买票而是买了一张月台票混到南京，来宁后不到三天，说是想家，忙着叫我给他买返吉林的车票……从这些迹象断定，他还是有点病，否则一个头脑健全的人，绝不会如此轻率地前来南方，而应该在动身前仔细考虑，准备好一切再动身，据他说他不敢征求养父母的意见，怕他们阻止他前来，只是和妻子说了一下，但是既然是看父亲，为什么什么都不买一点，回去的路费都没有，没道理啊！

　　淑贤妹，你是知道成文的，他的来龙去脉你是清清楚楚的，这个孩子我对他是有歉疚，但是我真的无能为力，我想请你帮个忙，找找建中问问，他们毕竟是兄弟，虽然他们是两个妈妈生的……

CCXXVI

（塔塔纸条）

除非你是在梦里，否则，你绝对无法看见曼达。

夏旭兄：

自一九八四年握别后，倏忽已五年，久未互通音讯，期间父母大人于一九八六、一九八七年先后仙逝，山崩地裂，不知所措……念兄身体欠佳未向你禀报，谢罪了，弟妹未知近况如何，亦殊为悬念。

我于今年前已迁移新居，原址虹口的房屋让给儿子媳妇，我和瑞琴迁至沪太新邨，面积 22 平方米，另有厨房和卫生间独用（目前煤气暂未接通），面积虽不大，但空气新鲜阳光充足，老两口居住也还算宽敞。

我于一九八五年退休后，一九八六、一九八七年曾应聘到深圳工作，一九八八年回沪，现在市档案馆工作，瑞琴也已退休，大女儿苏苏二女儿拉拉三儿子阿德分别在服装厂、市府机关和文化部门工作，两个外孙和一个孙子均在小学读书，大家工作和生活情况也可以，聊以自慰吧。

你退休后是否还在发挥余热？筠倩和甥婿情况如何，孙儿也一定很活泼可爱吧？有空闲望来信叙述一二，专此奉达

并问安好

素芳妹：

六月四日来信今日收到，素梅建议提前去扬州，恐日后天气转炎热，增加麻烦，你既然决定六月中旬前来，我也只好同意。

立人之胞弟夏立启，原在宁中学任教语文、历史，因自幼习书法，现为省书法家协会会员，并任老年大学书法教授，公家分他一套住房正好面临白鹭洲公园，他每日清晨去公园散步，最近五六天我几乎每天和他见面，交流锻炼和书法的知识，他说他有一个日本老师在仙台，中日友好往来认识的，看来他交朋甚广，立启骨架瘦了些，但由于喜欢体育运动，至今已六十六岁（属鼠）尚能在公园的松树粗枝上引颈向上十二次，好生了得，平时若无练功，即一次也难以完成，我小时候虽练过杠子，但只有玩玩，不肯下苦功去练，所以现在连一次也引不上去。

立启日前还问起你，他只记得你的乳名，我将你家的情况大致向他介绍，等你以后来宁我们一起去白鹭洲公园玩后，去他家坐坐。

到扬州见面也是难得，我们兄弟姐妹都过了六十，不容易，还有，别忘了煤油证，还有风油精。

素芳妹：你们好！

接到你们二月二十四日来信，欣悉已安抵深圳特区，开始新环境的生活，旅程历经四天，有些辛苦，好在你们有长期的出门经验，是能适应的，近来你们安顿妥当，起居正常，深圳物价是很高的，实际情况如何，你在日常生活中可以体验到，便中告知一二。

我的身体，工作和生活，都很顺适，回吴江后，孝威转给我壹佰元，是交通局批准我的年终补助费，所以我手头稍觉宽裕些，虽想添制点衣服，但市面上竟没有中山装出售，裁制又太麻烦，因此有钱用不掉，姑且省省吧。

孝威今春计划养鸡一百只，到苏州哺坊买雏鸡，腾一间房，专门饲养在家中，因他看到春节母鸡价每斤二元，有经济效益，大约一百只鸡每只四斤重，可获利八百元。

你的信是三弟转给我的，他说将抽闲去宁搞户口迁移的事，不出年底可迁入南京。

余再叙，祝
生活幸福

阿格：

　　读了你的小说……是小说吗……管它是什么，我得守信，履约，对不了解的东西，不作判断，你说啥，虚构比现实更有能量，这句话震动了我，你我的差异，陌生而熟悉，还是……人与人的语言之间真的有同一性吗，这不是诚实问题……我用了许多省略号，是找不到那个词，或怀疑前面那个词……我们说话时，总是辞不达意，其实不关"辞"，且"意"尚未生成……但是你很自信，远远、远远比我自信……让我暂时离开你的小说，对了，你的小说应该是另外一篇尚未写出的小说评论，结果它不慎遗失了……关于爱，爱的反题，处于一种"处境"，它与自由不可能连在一起……我认为这是能力的问题，非所谓的责任感问题……某种程度的精神存在的"多次元"，你多么地相信它，但我不……我的"不"不是反对，而是不做"不"的判断，我是怀疑论者，这你知道的……

（大愚与恩博牧师的谈话录音）

我理解你要表达的意思，你是想说，人在堕落情况下道德观念是互相冲突的，没有一定之规的，任何人都不能以自己的道德标准来审判别人。

是人的道德，人的良知不能使人得救，也没有让人寻求神的作用，相反，人的道德甚至使人更远离神。

不是。

你说？

人的良知，是神放在人心里的，这没错。

我讲得不好。

问题其实不在于道德能不能使人得救，问题在于，这世上的道德是不是都是人意的产物。

我们当然知道，道德不能使人得救，我们是靠主耶稣基督得救。

你的看法是？

比如，禁止杀人、一夫一妻，这些观念到底是人自己想的，还是有上帝的启示在里面？

在没有十诫之前，人类靠什么维持秩序？

有残存的神的形象作用吧……

总之，是人自己想的。

人自己的良知，起的结果，部分符合普遍恩典？

这个，与圣经的明确启示不符。

你的看法？

全然败坏，良知也是败坏，败坏的良知怎么能产生出合乎上帝心意的道德律？

嗯，好树结好果子，坏树结坏果子。

耀洲：

多月未曾函候，至深下念，江南今年寒雨不止，毫无春天消息，及至清明，居然骄阳朗照三日，怪哉怪哉。

此次赴东山扫墓，宗萨居士因病不便上山，故未参加，但弟去访，沿途经过的佘山天主教堂正在维修，山脚下有警车数辆，警员出没，不知什么要人巡视耳，亦怪哉耳。

奉上墓地全体摄影照，只缺宗萨居士，谓征兆也。

余续陈，敬请

净安

曼达:

……他们疯了，也有人说他们"风了风了风了"多么像是饶舌，锐普锐普锐普……这就是我正在写的唱词，我一向喜欢滥用那些意思模糊的字词，反词，双关语，我对谎话极具宽容，我同情不讲理的君子，明知故问，却弃真相而不顾，我漂浮不定，含糊其辞，我热衷那些有缺陷的光明正大，如同作了恶，仍然颐指气使一般。

曼达，我们都有同样经验，我们的感受被别人歪曲，这些"别人"是谁呀，他们偷走了我们的感受，同时还偷走了我们的思想，连写一封信都得闪烁其辞，甚至写一封情书都要把文字弄得乱七八糟，在语辞之间建立破坏性的捷径，曼达，你还能得到愉悦与满足吗，字词如果相互伤害，杀灭，溃碎，仍然冠冕堂皇，那么，沉默的现实难道不会永远存在下去吗？

是的，是别人，他们贬抑我们，要我们顺从他们，我同意。

人民需要顺从。

CCXXXIV

阿德：

　　乔治·巴塔耶，早知道这个法国人，最近读拉康传记牵扯到巴塔耶，遂先后买了他两本书，不知何故，前者印象非常糟糕，另一本《文学与恶》令我惊艳、晕眩、亢奋、精神抖擞……此人出言不逊一剑封喉，诸如"尖锐形式的恶，是文学的表现""文学并不纯洁，它有过错""色情是承认生活，直到死亡""恶最能表达激情""诗一向是诗的反面"……

　　阿德你注意了最新局势吗，我们确能判断，是因为，因别人而选择，这或许不是价值判断，而是逻辑判断，在某些境遇下，选择基于错误，则是基于事实，恐惧与惩罚，没有藉口也没有援助，宿命论占了上风，为什么不选择自欺欺人……

　　凡是想了解你的就会了解，只要我们不屑歪曲它，雄辩术无用，你听到的自己的诠释话语声，就不再滔滔而口言，我们怠倦了，就在一切都已失落的时候，他曾在归来时，他认为依旧是一种娱乐而非媒介，如果我们想排除万难，重造一种新的语法，关键是新的命名。

　　是的，阿德，只有语言，让新语言铸造出新的欲望。

CCXXXV

（塔塔笔记）

克莱门特说，他不认为他作品归于超现实主义的传统，超现实主义认为精神的存在是发生在有限空间内，而他作品完全没有这种含义……他一直喜欢禅宗说法："有人用手指指示月亮，人们应该去看月亮，而不是手指。"

唉唉，现在许多所谓的超现实主义、新表现主义或新具象主义，既没有月亮，也没有手指。

（大愚读书笔记）

　　……重读弗洛伊德《文明及其不满》，关于人类行为演进的利弊选择，好像是自我矛盾的，它令人疑惑不解，比如，从观察人类社会早期，甚至今天某些现代性政治制度中，我们在本质上是自私、懦弱并具有攻击性的，然而任何成功的文明都要求我们为了共同的利益与内部和谐，却超越我们的生物学天性，表现出利他的行为，弗洛伊德的重大的局限之一，是他没有观察到二十世纪中叶的世界性极权社会的运作机制，即与为大多数人利益而牺牲少数人的模式是正相反：牺牲多数人，维护极少数人，这个现象大概不能从特殊的演进例外去寻找原因，仍然要摆在一种无是非的自然法则中加以解释，也就是说，所谓良知与道德仅仅是一种塑造，但不是唯一塑造，野蛮也是一种自然本身固有的潜在图景。

 CCXXXVII

（无名氏留言）

上帝无论说什么，都不是言词，而是行动

所以也可以说，上帝是沉默的，上帝是行动，行动属于上帝

写作是对上帝行动的偷窥、猜测、揣摩

所谓想象，其实是写作中最恶劣的形式

家葆兄：

八月廿六示奉到，托李度转函尚未收到仍在途中，今日白露已入秋天，想兄亦气清人静，画菩萨像甚适宜耳。

早上散步归来，仍作课，课毕，到园中程式太极拳一套，大出其神，天天如此不知凡几，就我一生所受，仅读书可胜，不闻窗外事，自不庸提，一书在手，疑远坐芳草堤边，花茵之上，顿觉意远思深，初不知默想为何物，一时万籁无声，风声鹤唳，回顾红尘，不啻窜流之所……

弟近来身体颇好，每天读书写字五六小时，不觉疲倦，推想其原因，乃程式太极拳之故，兄不信，罢罢。

时序匆匆，顺颂

净祺

CCXXXIX

阿格：

你又做梦了，不知道你是怎么看的，似乎是再造现实，为了下一代的生存，用几个硬币就能买到土地，在伊朗或尼泊尔，除了山羊和绵羊别无他物，应该是以色列吧……你的梦总是太复杂太斑驳，让我惊奇无比，人口稠密的城镇，排队等候保险精算师的盘问，这是梦中梦的隐喻，一个深层的代号，指代了一群将要出现的人，淘汰下来的人，排除了人类里的废品，他们是不可牺牲的最后之人，也是第一批新人，写到这里，我怕得发抖，害怕失去我自己，对的，我曾经怯场，近期越来越甚，你梦见的，常常是我恐惧的，你说这并不明显，我却相反……人类数量正在不可抑制地增长，他们只是不断地增加支出，却没有增加任何收益，当然，这不关我的事，你的梦是一个启示，即殖民，不是移民，与秩序重建的合法目标不同，无人下令，谁该淘汰谁该留下，战争贩子开始动员了，那是你的下一个梦，阿格！

但是现在，我并没有关心世界，我想到的是我的父亲，我好像时时刻刻都会想起他，我爱他，他好像依然在世呢。

也许，等到明天下午看到这封信的时候，我会一个人，在天井里摆好棋盘，等待某个不速之客的光临，这时候，我会想你的少年时光，你所接受的唯心主义教育。

CCXL

大愚：

　　昨日下午 5 点 35 分即抵达南京站，出站后，等了几分钟，二嫂即来迎接，当时天正下雨，乘 33 号电车到凤游寺。

　　今天天气放晴，准备下午出去城南夫子庙，今晨吃了这里肉包子和豆沙包，价格便宜，肉包每只仅二角，豆沙包每只一角二。

　　这里河虾很新鲜，每斤六元，统货，有大有小，水果也比上海便宜，大苹果每斤一元二角，葡萄每斤也是一元二角。

　　你一个人在家，吃饭不要马虎，水果可以摆几天，面包剩饭尽量不吃，我这次出门要一个礼拜，你自己保重。

　　香烟少吸。

啊，欧医生，有点不可思议。

是的，但我们做到了。

现代动物实验史上的奇迹。

嗯，会有人说，这是刻骨铭心的至暗时刻。

医院里的马基雅维利……

我们无怨无仇。

从未进行过的人体实验新药。对，超级抗衰老的突破。

他们想不到，居然从啮齿类动物中提取……真险。

那个志愿者是个英雄。

我差点窒息，注射的那会。

完全出于意料。

不过，这种预防措施肯定无法完全避免危险的出现。

拉科耶夫医生警告了我们。

我知道，难道我们停止不前，三年准备啊。

拉科耶夫反复说，修改基因病毒甚至可能对人体造成不可预料的危害，已经发生过，比如著名法国"气泡婴儿"那个实验。

上帝保佑，我们闯过来了。

去喝一杯？

OK！

我们第一次，是在一个下雪天。

是吗。

那天天气恶劣，遍地泥泞。

好像是的。

你真忘记了，曼达？

我不太注意天气的。

那是因为你从不带雨具。

我真不记得了。

我们躲进了地下车库。

你记得那天我穿什么衣服？

大衣，红色的，你说冷。

你吻我了。

是的，我们站着，躲在两部汽车中间，地方太小，你站不稳，你的一只脚踏在旁边车尾，仿佛是为了维持平衡……

我想起来了。

你双腿是赤裸的，冰凉。

一定很狼狈。

只有我们的呼吸声。

嗯。

我轻轻抬起你一条腿，使它稍稍向侧面岔开去⋯⋯

是的，真疯狂。

你很优雅。

真的吗？

其实我什么都没有看清，光线很暗。

CCXLIII

塔塔：

　　昨日张先生来，出示兄的信，至为欣然……我平时主要是画画，偶有写一些文字，零零碎碎不成系统，你如有兴趣，我就择几段看看。

　　记得你来扬州时，我们谈起了铅笔线，你特别问了我，其实我用铅笔线细细勾勒也只在于拂去知识的尘埃，如此而已，但是我不以为我质疑虚无主义，所有虚无主义都是自我破坏的，不知酒醒何处……否定作为一种方法并无不妥，但最高真理是一种肯定，当我说蟾蜍没有哲学，说祂呵佛骂祖，否认所有成法权威，将一切经论弃若敝屣，我不会忘记，祂就在否定的同时举示了某种相当正面且永恒肯定的东西。

　　那天我好像对你说过，我在画布上会尽量阐明这一点，那净是些不同空间和时间里的植物、酱红色海藻、花头向下的月季、暗绿荷叶、宁静的池塘、水下活动的蝮蛇、荷花池旁的野兔、若隐若现滑翔的蚂蚱，水在远处，水在近处，一些放大的群青色天空的图像，慢速涂写的格式化解构中的水鸟，微小的斑纹描画，看起来就像大陆板块分裂聚合的过程，还有那些如存在于母体内部或遥远宇宙深处的幽蓝波动，植物与动物让图像成为与时间流逝的同步体验，仿佛把画布上定格的影像从一个凝固的焦点里解冻，让孔雀回到了瑶台，从宏观到微观，从具体到抽象，在无论怎样变幻的形态中，让我看到形态线条和色相给予我生命……

我笔记比较凌乱，我抄了一些，似乎更加凌乱了，不知道对你有什么帮助，深感不安，今草一图，随函附上，乞为转赠宗萨法师。

如你觉得我的笔记可以，我会慢慢再抄一些寄来。即颂
净祺

阿德兄：

我祖父 1953 年离世时五十六岁，以此算来，他应该是 1897 年生人。

我对祖父没有任何印象，全凭这么多年来的道听途说和猜测臆想，去年五月我专程回了趟老家——四川省绵竹市广济乡（我填了无数次的籍贯，之前也就在 2008 年四川大地震时匆忙去过一次），去见了几位从未谋过面的长辈和兄弟姐妹，看了些早已物是人非的场景……而对于祖父这个曾经的风云人物，我依然恍惚莫名。

我的祖父，这位既虚幻遥远又神秘叵测的人物，一直以来都在激发着我的好奇心，随着年龄渐长，好奇心也愈发变强……几十年来，他总是被父辈们及他人不时提起，同时又总是被他们刻意回避，来自他的故事和评价还总是充满着对立和异见。

关于我祖父，依据那些互相矛盾的信息，在我的头脑中也勾画出两幅不同的肖像——枭雄、坏蛋、大佬、慈父、聪明、愚蠢、善人、恶魔……

他是统领一方的强人？还是彪悍凶狠的霸王？哪个是真实的他？很遗憾，已经无从考据了，他的一切都随着时间和那场近七十年前的巨大变故而被抹平消弭了……

这只是故事开头，关于祖父的故事，如果你真的感兴趣，给我一点时间，让我来编编看。

另，今日与一位过路神秘人士聊天，亦谈国事，甚乐观，桃花源中人，不知有汉，何况魏晋，我闲来无事，干脆虚构一个我从未见过的祖父吧。

（欧医生与无名氏对话录音）

好，也就是说，即使是在堕落之后，这个良知也没有全然失效，还是一定程度上发挥着正常功能，所以良知产生出道德观念，与神意符合？

律法啊。

神意，就是神的旨意。

律法的功用是使人知罪。

世人即使没有摩西的法律，还是无可推诿。

我不明白你想说什么。

是说，罪人与神隔绝，但罪人还是在神的权柄之下。

不，神的普遍恩典，也在罪人身上。

这岂不前后矛盾？

如果看到了矛盾，那是你有福了。

CCXLVI

阿德：

昨夜住在朋友家里，安眠药却落家里了，没办法，什么也不去想了，桌子上有威士忌，我喝了两小杯，好好睡一觉吧。

似乎酒精对我不起作用，熬到凌晨两点半肚子饿了，好吧，饥饿、失眠、酒，我该选择哪一个呢？没有答案，只能尽可能找点食物充饥才能保证睡眠，于是爬起来，我找到一片奶酪，一片面包，然后用烤箱加热，再给自己倒一杯威士忌一片面包加一片奶酪可以暂时缓解饥饿，想不到，我在厨房抽屉里发现了半瓶"安定"！

我必须快速睡眠，只有在睡眠状态下，胃才会停止蠕动，但医生说，安眠药不能同时伴酒喝。噢，要命，又一杯威士忌糟蹋了，就这样吧，先睡觉再说，我重新刷了牙，躺回床上，又被一阵无法停止的咳嗽困扰着，依然无法睡眠，我跟我的医生说，你给我下药太狠了，它对我没用了。医生说，你必须坚持服药，不能着急。敢情你睡得好，不知道整夜干瞪眼的滋味儿啊。

我爬起来，端起那杯威士忌一饮而尽，管它三七二十一，我要什么都听你的，就完蛋了。然后找出一本书熬夜吧，不如继续给你写信……

耳边不断听到一种很熟悉的声音，又庄严又富于戏剧又很声嘶力竭……

我问她，你看到了什么？她说，我站在一个昏暗的空间的阁楼上，看到一个少年，他用木制椅子砸死了自己的父亲，她说完这话时，面无表情，但目光里闪过一丝很难察觉的哀伤和恐惧，我继续问道，你在想什么？她说，我听到高音喇叭在喊："他们必然得到革命者的专政。"你在干什么？我离开了，然后呢？然后醒了。我沉默了片刻，继续问她，你经历过那个时代吗？应该梦是一种记忆反射，她说，没有，不过，那个高音喇叭让我记住了，你家里没受到过冲击吧？没有，不过，我对童年记忆感到很压抑和恐惧。

什么样的梦，让你感到温暖？她沉静片刻，眼睛始终盯着窗外的阳光，然后像是在自言自语地说：我感觉温暖的梦很抽象，一个毫不熟悉的空间，但很昏暗，又有一种暖色基调，比如高大的空间，明暗有层次，阳光总是能穿透一切阻隔，投射在屋子里每个角落，或是楼道，或是门道，放射性的光，令我感到很温暖和安全，而空间里游离着一些熟悉的人，有令人伤痛的人，也有一些似曾相识的人，他们似乎是给我带来的希望，但我在两者间游离，前者是很熟悉，但都是痛苦，后者似曾相识，但也许是一种新的希望，又无法确定。还有，今天凌晨做了个梦感觉很温暖，我回到了二十年前，那时儿子才四五岁那个样子，我似乎还生有个小女儿，还有那个叫素梅的保姆，在梦里，我是个西方式的母亲，很有耐心，也很理性，孩子们都很依恋我，儿子常常要我陪他，我在一边干活儿，他就缠着我，我耐心地跟他聊天，以此转移他的注意力，素梅抱着我的小女儿，她是个很乖巧可爱的小女儿，我们一起去外边，我牵着儿子，素梅依然抱着我的小女儿，小妞子总是要我抱，儿子也抢着跟我聊天，我们往回家的路上边走边聊天，我感觉身在其中，却又是个旁观者，素梅抱着小妞子，踩在凹凸不平的青石板上，高一脚浅一脚，路面很湿滑，素梅那双扁平脚塞在一双灰色、不露脚趾的凉鞋里，每走一步，脚都在凉鞋里来回打滑，我让素梅当心点别摔跤，我牵着儿子跟在素梅的后面往家走去，一路都是孩子们和我的嬉笑声……

后来的梦，就都忘记了。

CCXLVII

曼达妈咪，你应该明白的，我想说的或许不仅仅是思念，你站在火车站咖啡馆门口的时候，只是一个人，认识你这么久，我又一次看到你走在人群里，走过我身边，只是你一个人在等我，去你的家，曼达一定还有很多事情，我可能还不知道，关于你……你从来没有试图告诉我更多，许多秘密，也许也是我不知道的别人的曼达……

CCXLVIII

塔塔：

　　上次我看了你写的小说，就感觉里面有一种很忧伤甚至很阴郁的气氛，可以想象小时候的痛苦，其实写作主要是为了抒发自己内心感情，如果写出一部作品，可能会在很大程度上给自己一个交代，让自己心里不那么郁闷，至于对别人产生的效果，就是不可知的了。不管孩子在哪里，都在你心里，把他交托给上帝吧，人能做的太有限了。

　　曼达：我知道。

　　塔塔：唉，女人再怎么强悍，心都是柔弱的。

　　曼达：毕竟还是女人嘛，但我觉得，男人有时比我脆弱多了。

　　塔塔：男人是怯懦自私，但心，相对比较冷酷。

　　曼达：那倒是。

　　塔塔：嗯，女人软弱往往是出于爱，男人软弱往往是出于怯懦。

　　曼达：此话太经典了。

　　塔塔：其实我不应该跟你说这个，简直就是出卖同伙嘛。

　　曼达：你比我看得透，虽然你没有结过婚，但直觉比我好，还是读书多。

　　塔塔：中国男人的典型就两个，《莺莺传》里的张生，另外一个，《杜十娘》里的李甲。

拉拉：

我要哭了，我已经哭了，我想我一定有自卑感，我一直不肯承认……小时候，我就爱哭，我姆妈总是对我说，"你不可以这样"，或者"你必须这样"，连阿爸都说我"碰哭精"，每次我开始哭的时候，我都很快忘记是什么原因会哭，姆妈阿爸问，我说不出来，越来越哭，都不知道什么事让我哭，于是他们都说我是一个说谎的女孩，其实我从来没有说谎，我指的是通常小孩撒的那种谎，我只是无缘无故地哭泣，却讲不出原因，弄得他们都烦我，说我是一个令人讨厌的坏孩子，就喜欢把他人的气氛搞坏，让大家无法将正在讲的话继续讲下去，让大家正在做的事无法继续做下去，然后，围着我，于是我满足了……其实根本不是，拉拉！我根本不是这样的，我也经常一个人在房间里，突然掉眼泪，越来越伤心，然后大哭不止，但是旁边没人啊！

拉拉，我想离婚，这是第二次了，不是第二次想离婚，而是，我已经离过一次婚了，这次又想要离婚，已经想了好几个月了，为此我十分困惑，难过，常常哭，我的许多朋友都离过婚，她们后来生活很幸福，不不，是我感觉她们很幸福，我很困惑，我总是犯错误，从小到大，从哭开始就是一个错，直到现在，我是自卑吗，我和你在一起，你觉得我令人不开心吗，离婚是错误，还是结婚是个错误呢，我不知道一个妻子应该要怎样，我算是失败的女人吧，我认为，结婚是男人要的，因为男人不结婚就没有孩子，没有后代，是这样子的吗……

我又哭了，拉拉，我脑子很乱，求求你来看看我吧！

曼达：

这个城市的人们此刻都在说话，他们都在说起那些已经死去的人……

CCLI

阿德：

我能猜到你所在的位置吗，背面还是侧面，用最简单的比喻，两个人，千里之外的照面，穿过无数的人群，彼此发现了对方……

跑来跑去，到底有什么意义呢，人们喜爱旅行，旅游算是亲身经历吗，旅游是一个事件吗，重述你的旅行过程，又有多少人会感兴趣，哦哦，好像没有人研究过，不是吗？

还是说说你父亲的经历吧，或者，想象你父亲的未知，他的失去，他的陌生之处……最难的、最不愿触碰、最弱的甚至是不存在的东西，这个世界，曾经在过，此时已沉默的世界，把它召唤出来吗！

CCLII

（无名氏纸条）

　　他们可能真的做着他们认为的那个梦幻般的梦。

CCLIII

欧医生：

（前缺页）他外形很吸引人，我会无端端害怕，总是顺着他，他一个人说了算，家里的事他从来问我的意见，印象中，他从没有问我"你认为呢"或"你想怎么决定"，至于我父母的意见，他都会当着我的面奚落他们笨，说"你们一家都这么蠢，啥也不懂"……为此我父母还经常吵架，父亲因为怕烦，迁就他，母亲就跟他吵，我真受不了了，但是我只要一看到他的眼睛，那眼神，我就心软了，他犹豫、依赖、没有骨气，只能在家里发脾气，耍威风，我知道他明白自己无能，而他的无能，那双无能为力的漂亮眼睛，让多少女人对他着迷啊，我想也许我可以帮助他，我想我应该做一个善解人意的好妻子，但是因为工作压力大我一直没有生孩子，欧医生，我想有个他的孩子会使事情好转的，有了孩子，他就有事做，让他做父亲也许会使我们更靠近的，是不是啊，欧医生？

塔塔：

今天，现在是父亲走后第二十天的上午，时间太快了，一种幻觉，像是戏剧，瞬间般，又漫长得犹如一个世纪……

在赶去机场前，我狼吞虎咽地吃着早餐，突然泪流满面，如倾盆大雨，我大口吃着，任由泪满脸一滴滴落下去，我想及父亲从来没有对我提过的过去，他的小时候，他的少年时光，任何一个关于他的过去的片段……太多的空白，以至于我父亲的记忆非常不完整，印象中，父亲生前也不喜欢回家乡，像我，似乎因为觉得浪费钱，还没意义，对，父亲喜欢说"没有意义"这个词，甚至爷爷离世，我父亲都没有回家，我曾经觉得父亲不懂一点人情世故，还很无情……如今，我发现我不但相貌随他这点儿性格也一模一样，我选择忘记，与他人和解，与过去和解，最重要与自己和解，糟糕的记性，让我也成了一个没有故事的人，我也不喜欢回家，家里鸡毛蒜皮的小事，兄姐的计较都让我厌烦不已，特别是大姐随时的兴风作浪，父亲知道吗？

塔塔，我好怕，一点点重压都让疲惫不堪的我憔悴……父亲走后，工作很忙，生活很忙，忙到人偶尔会有眩晕出现，但是每个当下无论什么状态都甘之如饴，和喜欢的人简单的一餐饭，偶尔暴风骤雨袭来的不爽，我越来越喜欢抽离自己看某个当下，父亲，人都自私，贪了眼前利益看不到大局，在大道理下，每个人都在为自己脱责，既看不见苍生亦不够无畏，这就是即使一盘好棋也都臭了的原因。

……现在是父亲离开后的第二十一天，我在南国之南，我把对父亲的祭拜托付给了兄姐，感谢他们告慰父亲的在天之灵，我有给他念经，但觉得诚意不够，对不起，父亲……

塔塔，这封信两次写的，就让你为我珍藏吧，我无法再说别的了，那道光又突然出现了，像是一条路……

曼达：

　　普陀山里七点就漆黑一片了，不是渐渐暗的，突然黑，好像有一只无形的手拉下帷幕……

CCLVI

致曼达：

你敲我的门

我甚至没有听见

想起我们尚未认识之前

闪光的蓝

随你

一个人的肩膀

花园凋敝

去年的音乐从地下升起

停车场暗了

灰尘忘记了来源

悲伤不被显示

每个人都是虚无缥缈

或者正好相反

阿德纸条:

"……默默习惯，听凭事态发展，放弃一切思考就是完美诅咒，等待上帝疏忽犯错，漠然置之就足够了，不朽的敌人必须让另一个短暂的敌人取代，什么都不说，被迫即自觉，历史就是一连串的作弊，这背后，恐怕必有上帝的计划……"

CCLVIII

阿德：

你好吗，我的日子很快，但是每天做很多事情，觉得时间很长，很多事情才三四天前发生的，我的记忆总觉得至少一两周了。

想你

塔塔：

　　我在画室，楼上有人拖沉重的箱子，可能是，现在安静了，有人出门了，我听到远处传来关门声，估计他们还要搬东西，天晓得，干脆，给你写信，你不是要我有空写信吗，上个世纪的人，坐下来。

　　说说我周围，我靠窗的位置，下面是草坪，能够呼吸潮湿空气，中间弥漫着各种气味，大半是水果味，那是走廊里的，许多许多芒果，异常香，香得受不了，嗯哼，天花板又震撼起来了。

　　对，说说我的名字吧，你很好奇，就是因为一个梦，好几年前，一个梦，不过也不是一个什么很惊异的梦，就是梦到了去类似安徽老宅的那种地方，视角是飘着的，然后呢，走啊走，人都飘浮的，腾云驾雾的，看到一条房梁上刻着"四木"两个字，跟着有个声音对我说你就叫这个名字，后来醒了，我就记住这个梦了，我名字就叫"四木"了。

　　他们都这么叫，大家习惯了。

CCLX

塔塔：

　　我刚才做了个梦，梦见我少女时代一个曾经勾引过我的越侨，反正梦里没有具体样貌，但感觉，似乎是个喜欢勾引少女的中年男子，老手，不过他们这些男人很吃香，会唱很多经典的歌，玩儿多种乐器，比中国男人会花会玩儿浪漫，人也长得帅，那个年代总是能泡到漂亮多情的少女，那时，很多少女都很主动接近他们，他们能频频得手……我那时在昆明文庙学习绘画，每天下课就去楼下的文化中心去听他和他舅在台上奏乐，那个阵势，很像电影中的上海滩的百乐门，女孩进入免费，不过条件是必须有男子带着才能进入，当然，男人得买票，我没男子带我进入，有时我就站在门口速写，等待有哪位愿意带我进去的男子，然后，这个越侨出现了，他脸黑黝黝的，一双手却很白净，约会了两次，稀里糊涂就被他勾引了……你说奇怪不奇怪，都快三十年了，要不是这个梦，我早就把他忘得一干二净了……

（大愚与商赤对话）

看你，一边愤怒一边冷，行，很好，可以，没问题。

如此惜字？

我句子比你长啊。

忙活？

我全力研究戈达尔，招呼一声。

重温？

笔记本已经做了十来万字。开头引文来自蒙田，也许法国人看了没疑惑，但请法语专业的人译成中文，天差地别，我综合了几个人翻译，再查字典。

结果呢。

猜猜蒙田的想法是这样子的：应当借自己给他人，但献自己给自己。蒙田。

不大明白。

它差不多就是你说的那个镜头的含义，戈达尔早期的片子。

远看是猫，近看不是猫，仔细看看还是一只猫。

你是愤怒困兽，借自己给他人，献自己给自己。

我是鼹鼠。

戈达尔片子最伤脑筋是中文翻译乱七八糟，英文，还有好多，反复问学法语几个朋友。

戈达尔电影本来就是写作。

是。

没有来源的引用，没有主体的思想，管它。

那些专家真是太坏了，说起戈达尔就虚头巴脑，来一通"拼贴"，就是不愿就事论事讨论一下。

跟翻译走？

算了吧。

CCLXII

（大愚笔记）

　　戈达尔坚持"电影体制里的政治，是一个意义生产的问题"，他"美学即政治"的断言可能得到法语的影响：在法语中，"镜头"和"政纲"是同一个词，即"plan"，而在英语里，"镜头"为"shot"，"政纲"为"plan"！

CCLXIII

（魏牧师谈话录音）

　　……看不见的"存在"是内在的，就如同犹太教诫命，它否定一切偶像崇拜，忽略所有束缚于肉眼的可视之物，犹太人的上帝是看不见的，祂在希伯来圣经中只有数次显示……显示在旧约中的分量很次要，摩西第二诫就是对视觉的贬低，不仅如此，圣经叙述在表现一个事物时，常常着重解释那个事物的构造方式，圣经没有为我们描述约柜、圣所、神殿以及所罗门的宫殿是什么样子，虽然我们知道约瑟、大卫和押沙龙都非常漂亮，但只是一些模糊概念，他们的具体面目我们一无所知……

曼达：

现在，他们都走了，门关上了，密闭的房间，就是贯穿全剧的舞台，天窗是个隐喻，从这个角度永远看不到天空，狂风暴雨被屋中人作为陈述，发生在聆听者的想象之中，要下雨，要下雨了，气压越来越低，睡觉时间，他们一个个醒来，他们全身抖擞闪过雷电闷响，说故事者的脸上似乎看到了鬼魂：一秒，两秒，三秒……

风起来了。

好了，我要删改我原来的叙事计划轻叩他们的神经，航班取消了，远离那座城市数百公里之外读里尔克，现在是多么透彻地理解那几幅绘画，那些画上面的"物"企图摆脱它们有限的、常规的用途，它们以轻浮的举止相互好奇地抚摩和诱惑，偶或在纵情狂欢的淫荡中瑟瑟颤抖，对面的四扇竖窗展开，荒草茂盛山峦起伏秋阳灼目，制冷机嗡嗡作响玻璃窗外树叶无声上下飞舞……

话语单行道

程德培

"想象一种语言意味着想象一种生命形式。"

——维特根斯坦

"一切灰烬都是一颗花粉。"

——诺瓦利斯

壹

吴亮又在写长篇,这是个公开的秘密。一是因为这些断断续续的信札,在朋友圈中都不时地能读到;二是我们交往中他不时地谈论此事,吴亮也从不回避,时而神秘时而坦陈写作中的困惑和兴奋。我隐约地感觉到,此长篇涉及二十世纪九十年代以后的人与事,大致和美术圈有些瓜葛。依据经验,这些碎片式的东西完成结构尚需时日,我曾大胆地预测,此长篇完成期大约在冬季。在众人面前预测写作工程期多少有点冒犯，特别是对吴亮而言。好像有意抬杠似的，在酷热来临之际，吴亮递过一叠打印稿说，长篇写完了。

贰

吴亮写作时，我正在读索莱尔斯的一些论述。这位克里斯蒂娃的丈夫，罗兰·巴特的密友在论及画家弗朗西斯·培根时写道："空间的存在是内在的。对抗着虚拟或综合的虚假外，对抗着电脑不断闪烁的信号糨糊，绘画必须被视为一种新型的神秘力量。身体处处被迫沉默、被弄虚作假，在能够专注和思考之前便被控制了话语权？塑形的行为将在话语和肉体之间进行调解。美好的感情在大屠杀的基础上变得丰富充盈？他将以色彩的方式展现出真实的真实。"请注意最后一句中的"色彩"，从小喜欢画画的吴亮最终成了一位艺术评论家，时至今日还不时地出入各种画展。

巴特曾为索莱尔斯写过一本小书《作家索莱尔斯》，并在其评小说《戏剧》一文中指出："因此，词语和事物在它们之间无障碍地循环往复，就像同一话语的各个单位，同一物质的微粒那样。这一点与古老的神话相距不远：从描绘的文字到大地本身，世界的神话就像是书。"以及，"没有什么比建立文学上的规则更能带来抗力了；这些规则似乎应不惜一切代价保留其潜意识状态，完全就像语言规则那样；没有任何通常的作品是在言语之上的言语活动（除了某些传统的接替）。"重要的是语词与事物的关系，这也是下面我所要谈及的重点之一。索莱尔斯的作品难懂是出了名的，喜欢的人称之为"先锋派"，不喜欢的人则极其讨厌之。关于这个问题，巴特曾在一次访谈中谈到，晦涩的文本需要慢读，而像大仲马的小说如果慢读的话，那胃口就会败坏了。另外请注意写作的语境，当年罗兰·巴特与今日之地位不可同日而语，是处于论战和反对声的包围之中。据索莱尔斯所记，"书出版后造成了非常不好的影响。它是对高校研究所的一纸挑战书。我立马感受到了周围人疯狂的嫉妒"。甚至"所有人都说我是拿枪逼他写了《作家索莱尔斯》。"

叁

前不久，朋友圈中很多人都在转发吴亮写于十三年前的"八十年代琐记"，吴亮自己在再转发时写道："我以前的文章常常被人批评西化、深奥、长句、翻译腔乃至华而不实脱离广大读者云云，嗯嗯，这个'八十年代琐记'文风一变，全是大白话啊！"大白话自然很容易接受，有人甚至晚上不睡觉都在读。此时的吴亮已完成《不存在的信札》，而且文风又回到以前那个不招人喜欢的吴亮，不知喜欢"八十年代琐记"的对此又作何感想。

《不存在的信札》全书共 265 节。大部分是信札，写信人被隐去，收信人多达二十几个，其中还穿插着类似"法庭谈话录字片断""欧博士的日记残章""拉拉、素梅的自述""无名氏某次谵妄状态写作"及箴言，还有谈话对话录音、各类笔记、零星研究、残稿、讲义等多达十几种不同形式的短章。这些短章混杂一处，没有规则，陈述活动的痕迹被隐匿，凡事不作明白交代、或显或隐、方法各异，或去头掐尾；源出的东西互不相容，欲达的目的判然有别。道德脚本和趣味判别各行其事。杂色纷呈的笔记、引文、思路大相径庭、交相更迭。而那些自以为有准备的读者或早或晚如入迷宫、砰然碰壁，无论是思考型还是情感迷乱型的都无法独自完胜。

　　断片式写作自然会让人联想到罗兰·巴特，联想到浪漫派领袖人物弗里德里希·施莱格尔那彪炳史册的《雅典娜神殿》断片集。吴亮并不怎么喜欢的朗西埃在《沉默的语言》这样评价断片式的文类形式，"一个断片并不是一次毁灭，而是一种起源。诺瓦利斯说：'一切灰烬都是一颗花粉。'断片是被僵化的事物在变形运动中恢复的统一性。哲学地说，它是无尽过程中的有限形象。诗意地说，它取代再现的叙事与论说的一致，是富于表现力的新统一。""断片是表达的统一，是任何一种变质的统一——梦，小石子或一句玩笑话、引用或提纲——在这里，过去和未来、理想和现实、主观与客观、有意识和无意识，它们相互交换着自己的功能。断片是过去来到现在，现在投射未来，是不可见变成可感知而感知成为精神化。断片是主题——艺术家自我的再现，是作品的个体性，而断片也消失于此，它也是精神世界形成过程中的某一时刻。"

我们在《朝霞》中已经领教过吴亮式的断片，不过，那时的断片只是全书的一部分，了不起是半壁江山。《不存在的信札》不同了，全书都由断片组成，加上叙事者的隐身且不断轮替，增加了阅读的迷惘。那些温文尔雅秩序井然的叙述全然不见踪影，人物沦为言语的图像，是一种讲话方式，混乱的讲述、段落的剪辑无序、字里行间布满了藏头文字、谜语和暗示，言语断断续续，不经意的一瞥，稍纵即逝的瞬间，一种隐秘而敲打人心的倾诉、交谈热身，我们必须用心琢磨他的语意，努力去添补沉默的故事才行。用莎士比亚的话说就是，一个人长眼睛，最大的用处却是去赶这条黑暗的路程。

肆

四十年了，我对吴亮式的话语心存敬意从不排斥。不管是懂还是不懂，这些话语都是可以聆听的，就像听一个自己熟知的人在说话，不论是描述、论述还是自述。记得吴亮曾提过，他知道有人在模仿自己的写法。我也曾找过一些类似的文章来读过，结论是模仿总是蹩脚的。一个人的作品是靠深藏在内的品质流传后世的；这些隐秘的作品起先看上去有点靠不住，有时很模糊，让那些声称一下子发现了"作者想说的一切"的人觉得神秘不安甚至不健康。需知，文学史上长存的作品也许正是当年那令人不安和不健康的东西，恰恰是如今令其永葆青春和始终意味深长的东西。

书写的词语，则可能呈现为读者必须去阐释、去灌注生气的物质标记，我们可以看见它们，却不懂它们的意思，这样中间就出现了一段沟壑的可能性，物质的能指，精神的所指，意义为语境所束缚，然而语境本身却是不断变化的无边无涯。1968 年，巴特写道："我们现在知道，文本不是一条词语的直线，释放出单一的意义（作者—上帝的'信息'）。而是一多维度的空间，其间无一是独创的各类文字交合又碰撞。文本是从无数文化中抽取出的引文组织。"但是，他又说："这一相异相重的性状集中于一点之上，这一点就是读者，而不是迄今为止人们所说的作者。读者是构成一种引文被书写出来的空间……文本的统一性不在它的发端，而在它的终点。"

《不存在的信札》中提到罗兰·巴特时，曾提及巴特"作者之死"一说的含义，上述引文大致回答了这一疑问。说到底，"作者之死"的目的就在于消除作者在文学研究和批判思维中所处的核心位置，一句话就是要去除根深蒂固的"作者"之霸权地位。

伍

单独使用任何一种方法都是没有生命力的，正如反复吃一种食物会造成营养不良，我们在纯氧和真空中会死去。矫枉必须过正，要阅读全然不顾作者，就像没有起点的终点，就像一个隐喻，要用不止一条腿站立。创造性隐喻是一种用语言表达的精神或心灵的行为，它总是以新的身份、空间和时间的关系来理解世界。一个人物听一个关于他听故事的故事，这就像点明作者和幕后那些专横声音之间的相似就是为了使之失效一样。作者的权威正在于提醒我们注意这一权威的举动被消解。贝克特的故事无法找到叙事者：它发生在角色之路与作者之名之间。在这些个出奇絮叨的作品之中，没有人在讲话，无论是作者、人物，还是可辩认的叙事者。在贝克特的作品中，受阻思维发起的所有进攻都因心理抵制无法处理那些秘密涌入的语言思维流而造成的。像"前语言"这样关于"真实存在"的神话，即诱使贝克特越来越相信只有语言才能证实"真实性"的神话。

迄今为止吴亮写过三部长篇，《不存在的信札》之前有《我的罗陀斯》和《朝霞》，就人生记忆和经验而论，它们大体勾勒了吴亮和二十世纪的瓜葛。《我的罗陀斯》青睐于记忆，传记一类的东西对巴特来说是"不敢说出自己名字的小说"；《朝霞》挂牌开店，让小说登堂入室，是立志于小说的小说;《不存在的信札》呢？像不像小说肯定会有争议。让主体和客体变得不合时宜，存在和缺场分道扬镳，是不像小说的小说。

书信曾经是小说最初的形式之一，它也曾经是我们实际生活不可或缺的一部分。但如今，在虚构与非虚构的世界中，它都已经渐渐衰退，甚至名存实亡。《不存在的信札》是对这日益消亡的文类形式的追悼和致敬。"作者"已死，但阴魂不散；写信者已去，但信札的词语依然在。穿透意义的世界，其实就像穿透意义所显露的语词，就像拨开我们所向往的想象国度中隐约可见的迷雾。耶稣在基督降生之日便是古代神谕的沉默之时，理性科学凯旋之日也应该是神话凋谢之日。宗教与理性让人告别神话，但诗歌和艺术却给予神话绵延不绝的力量。那么书信体呢？当它在实际生活中离我们远去时，能否在虚构中复活，虚构的重要功能不就是对死亡的拯救吗？从某种意义讲，《不存在的信札》写的不就是不存在之存在？如果你相信世界是圆的，就应该知道被左手拿走的东西右手一定能取回。

陆

如此密集的信札、不只是写信人被隐匿，而且都是些没有回信的信札，有些信札更是残章断篇。记得年轻时读过《没有地址的信》，感觉很神奇，何况现在。吴亮说，我在写回忆录时，你把八十年代我写给你的信就这么一捆还给我，不就是一些有去无回的东西吗？阅读这些信札，你如果想要在其中的蛛丝马迹、点滴信息中进行叙事的复原，那是根本不可能，即便是可能的话，那也必须是挟带着你的人生经验、脑部信息与知识结构去想象一部他者的文本。J·希利斯·米勒的基本观点是，文学文本的语言是关于其他语言和文本的语言；语言是不确定的，一切阅读都是"误读"。通过阅读会产生附加的文本，破坏原有的文本，而且这个阅读永无止境。问题是我们能否接受这冗长且破碎的谈话语序？如此多的不同笔记和零星研究，涉及人类学、宗教史、历史、哲学、绘画、摄影、电影，甚至剧场方案和箴言、留言和录音，谁能消受。理性思辨一直是吴亮的强项，其议论呈百科好博学，凡人性之善恶，东方佛学之成因，原始瑜伽的思想，历史作何认知，电影、艺术之琐事，《罗生门》的谎言和真相，镰仓时代的和尚明惠上人画像和梵高自画像，戈达尔早期的片子，米沃什的狂喜，达达诗的秘密，毕加索的段子，凯奇的涂鸦，丢勒的版画，艺术史上的纳比派，巴尔蒂斯与绘画之灵性等，涉及的人物有萨特与弗洛伊德、克尔凯郭尔、巴塔耶等，其中任何一个人都够你喝一壶的，甚至还有两个斯特劳斯，一个是与结构主义密不可分的人类学家，另一个则是其政治哲学连专业人士都无法消受的列奥·斯特劳斯。一句话，你要完全理清文本中的话题、主义、流派和思想几乎是不可能的。我们只能在"误读"中求生存。

　　《不存在的信札》是一部残缺的戏剧，没有对话，有的只是倾诉，始终是一个人在说话，一个人在写信，没有回信，也没有回应。一封信说了什么，总被另一封信所打断和搅乱，不时又被你一下子难以理解的"引文"和思考所插入。一切都在流动，若明若暗的无序，互相摩擦、排斥，又相互碰撞，且无障碍地混杂在一起。活着，就是被语词支配的无奈。好像什么都说了，又好像什么都没说，生活是所有能够想象得到的存在中最不真实和最不靠谱的东西，我们只能在否定的意义上面对它。

　　每句话都有两面性，说话的一方看见的始终是其中的一面，听话的另一方看见的始终是另一面，而这中间不存在彼此靠近的可能。因为每一句本应充当桥梁的话语，就它自身而言都急需一座新的桥梁。观察者必然是观察的一部分。他提供的图景并非是排除主体的客观因素，而是被某人看见的某物。任何"观看之道"都有两种方式，一种是排除认识主体的单一方式，另一种是包括认识主体的双项运动。"图画在我眼中"，这意味着现实对主体的依赖；"我也在画中"，这意味着主体已被框入画面，成了他眼中客体化的碎片。观察者的观察已影响了被观察者的客体，观察者的"盲点"是被观察着的。我们观察客体，但我也是客体的一部分。"你在桥上看风景，看风景的人在楼上看你。"恰如青年卢米奇在《心灵与形式》中论及渴望时说的，"贫乏是一种世界观：由清晰的语言所表达的含糊不清的对他者的渴望，以及更深刻的对人们不再渴望的东西的爱；在生活灰色的单调中对色彩的渴望，以及同时在其中对丰富的调和过的色彩的寻获。"

补充一句，之所以强调"观看之道"，那是因为《不存在的信札》中的叙事很多涉及图像绘画。如同第168节中所说"我正尝试着开辟一些栏目，试图逐渐包容那些用眼睛思考，从主体感受出发，讨论艺术现实或理论问题的文字，给味同嚼蜡的套餐加上一道美味。"联想到吴亮转行艺术评论，在美术圈溜达了几十年的经历，也是一种势在必然。记得在一次闲聊中，我曾对吴亮说，城市与图像是当今世界最重要的元素，你得天独厚，赶紧写吧。

柒

　　长篇叙事是个大体量的东西，需要相当的内在张力和长时间的耐力才行。也许是写了几年的回忆录的缘故，也许是因为巴尔扎克的作品在吴亮的早年阅读人生留下的印痕，初次试水的《朝霞》中才有了那一大块"现实模仿"的城市描摹和个人成长记忆，它们和吴亮骨子里的先锋笔墨构成鲜明对比内在张力，这也是《朝霞》的结构体和动力源。而今的《不存在的信札》已放弃妥协。"我也有点愿望写出点好玩的故事，但只能是一个瞬间的愿望罢了"（第144节）。"我在准备一个长篇小说的提纲，我希望自己能够写出一部有趣的书，在完成了总故事以后，发现这种逻辑性小说构思是对现实的篡改，所以我要打碎这种逻辑，按照生活本来形态写作，我感到巴尔扎克是一个最不现实的作家，他尊重逻辑胜于现实"

（第172节）。

告别妥协的吴亮是决绝的，我们仿佛看到了当年的吴亮，那面旗帜上依然是那句话："真正的先锋一如既往。"他的第一本文论集的书名《文学的选择》距今已整整三十五个年头了。《不存在的信札》所告诉我们的是：一个怀疑论者的自供状，一个欲望难以下潜的抒情诗人，一个在确定意义和清空意义之间来回摇摆的游子。

诗人总是不懈的看客。"诗性是石块作词语的语言，是史诗作为小说的散文，是作品作为习俗的言说。诗人从此是那些说出事物诗性的人。""诗性是一种语言状态，是思想和语言互为表象的特殊状态，是此诗知与不知，彼诗道与未道的事之间的关系。"朗西埃还继续说道："诗性就是这样一种特性，通过它，任何对象都可以具有双重性，不仅仅作为属性的一致性，也是作为产生诗性力量的隐喻或提喻。"

怀疑论者拥有的自我并不柔弱，相反它是强大的。怀疑论者是阐释者的温床。我们只有通过对事物的阐释才能接近事物本身，这是因为所有的叙事本身就是阐释，因为所有的叙事最终是元叙事。与怀疑论者结伴而行的是永不消逝的提问。所以，"我们在何处？这是什么？梦幻将我们引向何方？"这一连串的发问才成为《魔山》的结尾。

任何名符其实的小说都不会认真对待这个世界。再说"认真对待"这个世界又意味着什么呢？它无疑意味着：相信这个世界让我们相信的一切。从《唐·吉诃德》到《尤利西斯》，小说已向世界让我们相信的一切发起了挑战。

捌

诠释学的基本问题或许正是来自人和语言的这一限度。而这一限度又确实是在信仰文本的讲解中才彻底敞开，从而有了卡尔·巴特的名言："作为神学家我们应该谈论上帝，但是作为人我们又不能谈论上帝……这便是我们所处的窘境，其他一切统统儿戏"；因此"对上帝的认知……永远是间接的"。

《不存在的信札》不仅隐匿了写信人，也取消了对话机制，信札成了有去无回的话语单行道。一厢情愿的话语成了"面壁"的谈吐，占领舞台的中央，成了呈现的主体。它告知我们，语词是条流动的河流，而这些无法回头的言说则是游移其中的漂流瓶。难以计数的符号固然摆出一副示意的姿态，却并没有提供预期的意义。对维特根斯坦来说，想象一种语言形式意味着想象一种生命形式。对《不存在的信札》而言，存在的只是在话语单行道上的景观。

没有模仿应用的象征图式是空无，没有象征应用的模仿等同于没有方向。当成功的象征起作用使得它真的看起来像模仿时，一个相反的"意象"就出现了，那是因为事物的一种难以明了的情形被赋予了一种表面看起来完全的客观形态。不要看不起"表面"的东西，也不要把"表面"的东西随意当作真相而被迷惑。《不存在的信札》在虚构的世界中讨论何为现实，结果又如何呢？曼达不是一个具体的个人而是一个复数，那她又何以实现具体的现形呢？小说中多处出现了猫，那宠物之猫和野猫，哪个是真正的猫？哪个又是喻意的猫？能指分裂的游戏以不同的方式展现其魅力，这种游戏以出其不意的方式解困它本身在语言中的特殊身份。具有修辞色彩的比喻，往往包含着比它的自身含义还要丰富得多的意义，而且甚至包含着与其所指不甚相干的东西。我们需要的只是所指，让能指在途中多停留一些，让它像子弹一样多飞一会儿。

玖

　　"语言学转向"在现代英美哲学史上几乎折腾了整整一个世纪，影响深远，涉及的领域极广。所谓转向，不只是指哲学家们在研究语言和本质相关问题上花费了更多时间，更重要的是说，语言问题以不同的方式变成了基础性的问题。在二十世纪初，维特根斯坦的思想极富影响地将无意义观念带到了舞台的中心，由此推动了维也纳学派（逻辑实证主义的起源）形成，该学派既拒绝外部世界的实在性命题，也拒斥虚假陈述的非实在性问题；既拒斥宇宙实在性的命题，也拒斥非实在的唯名论的命题。有意思的是，二十世纪下半叶当人们对无意义的关注确实无疑地减退时，对其对立面即意义的关注仍然兴趣盎然。

"语言学转向"对文学的影响如何？汪民安在《福柯/布朗肖》一书所作的代序一文中这样说："福柯通过布朗肖笔下的马拉美看到了语言的另一面，尤其是现代文学的语言一面。正是在现代文学中，语言开始了不及物写作，开始了自我显示……它所要做的全部事情将仅仅是在一种永恒轮回中一次又一次地折回自身，就好像它的话语可能具有的全部内容仅仅去讲它自身的形式。说话的主体被这种语言杀戮了。"至于说到对中国当代小说的影响，就我个人阅读而言，几乎没有。值得一提的是韩少功，作为文学探索先锋的韩少功，从寻根文学始，一路过来几经转折，其中包括打通文史哲的《马桥词典》，将理论写成小说的《暗示》，韩少功都是毫不含糊的身体力行者。在理论与实践上，韩少功均以否定的姿态关注语言学转向，我并不赞同韩少功不以为然的态度，但从关注的角度来看，他几乎是唯一的作家。

《不存在的信札》的出现无疑改变了这一局面。它是唯一让语词当家作主的作品。让语言自言自语，让语言自我展示和自我指涉。它向我们证明了：语言是自我运动的，在时空的转换轮替中撕扯和翻卷，是布朗肖所推崇的那种"永不停歇、永不止境的喃喃之音"。我这样说，并不是指吴亮要有意卷入"语言转向"之中，他是无意和不自觉的。至少有一点，从不离开理性思维和哲学思考的吴亮，极少甚至从不提及和这一思潮有关的哲学家和文学家。吴亮有的只是直觉和敏感，骨子里的东西不会简单地依附文本的。就好比第53节所说："我对语词特别敏感，一种不信任的敏感，一种失恋般的'语词忧郁症'，它的症状是少言寡欢，一种人群中走神……"还比如第234节中，"我一向喜欢滥用那些意思模糊的字词、反词、双关语"等。

拾

什么时候，语词成了虚构的机器，成了主体的主体。通过将线性的叙事移动到了隐喻的齿轮，作者在文本中安排了散落四处的碎片，习以为常的秩序被搅乱了。这些碎片，有些是内心独白，有些便像向外倾诉，假设的对象也成了自我指涉的道具。主体的身份被刻意抹去，客体对象忽隐忽现，知识被怀疑嘲弄，词语含义混杂，人物被张冠李戴，能指漂浮，所指成了移动的靶子，让话语说出一部分自己也不曾有把握的故事，四处散落着的皆是无名听众偏执的诠释和注解——典型的吴亮式的狡黠技法深埋于难以觉察的地方。一路写来，文体的变化、不一致甚至出尔反尔，代表着多方面的邂逅：回顾过去和当下处境，理智和情感、理性与非理性、词与物、故事与非故事、视与听……

语言固然有背叛、伪装、掩饰和歪曲的一面，然而语言也能提供安全感，没有语言，我们既无法感知，也无法生存。语言是编造自我的工具，是自我处理与外部世界交往的桥梁。语言是一种交易、供与需、提供和反馈。在文本和读者之间流动着榜样、态度和行为模式。文本的每一刻都引领着我们，我们也以我们的方式不时修正着文本。不论是认知时空的感性持续和倾听的方向感，无论是延续或延缓的时刻，都有着其难以克服的内在复杂性。外在陈述带来的未知和自身携带的已知总是相遇在词与物的遭遇之中，它们彼此冲突与消耗并产生出新的东西。语言的杀戮说到底是一种再生，是一种重建的力量。"我们必须'自己苦心构思'两个意象之间的关系，必须完成亟待完成的推论，或必须从完全不相干的线索中拼合出'真正'发生的事，让作品潜隐的模式或构思一见天日。"卡勒所告诫的几个必须可以牢记，但要做到"一见天日"又谈何容易。

读《不存在的信札》需要极度的耐心，甚至迂回的包抄、点滴求证和无限遐想。别的不说，就拿词语来说，文本前面十一封信出现的词语为例：熟悉的路，我发现迷路了；本来计划好这个礼拜要编排我的画册落空了，因为厌倦；"我"的第一件作品，他有一种冷漠，一种全然的自我怀疑、自发性，格格不入；厌恶的虚伪与我的游戏，名字的秘密，有点像监狱的病房，如实地勾勒自己，一幅肖像；所有的借口和一万个等待都随着无力地存在着，像是气体飘散了……其中，我所加上重点号的词语，都是现代主义文学以来我们所熟悉的关键词。我们无法在不经意和刻意之间作出抉择。但词之蛊言之惑让我们惊奇之余更能感到一种巧合的惊喜和迷乱的愉悦，就像福楼拜主张的有"一种方法能割开缺口，在话语中打孔，并且不至于让话语变得毫无意义"。"就像巴特所期待的那样对传统预期的干扰，作为可读话语中心的缺口，裸体还不如'服饰留出缺口'的部分。文本需要它自身的影子、必要的云彩。颠覆必须产生它自身的明暗对比。"

拾壹

人们不能抵达"镜子"的世界，不能走进它，因为它是不可接近的，但人人能够看到里面去，它接受我们的观察，接纳我们的审视，并且它就是我们只能通过"窗子"看到的那人。按照列奥·斯特劳斯的阐释，柏拉图意识到，哲人是窥测天机者，而不是泄露天机者，尼采的错误在于他不但窥测天机，还泄露天机。他们之间的时间相差两千年。

《不存在的信札》中提到了太多的艺术家、哲学家及其作品，我只能举其中的几个来作些比附和参照。让 - 吕克·戈达尔，作为法国新浪潮电影的重要成员，其影片的命运各有不同，却都影响巨大。在新浪潮运动萧条之际，他还创造了一部历史上票房最惨痛的《卡宾枪手》。戈达尔是一位错综复杂，模糊难懂，含混不清又不着边际的导演，他的影片以复杂的影像，多样的声音，以及重叠的人声与音乐为特点，毫无章法，颠覆惯常的剪辑法则，还时常违背电影的对白和影片人物开场说话，有时甚至在影片中引入黑话隐语，东拉西扯的漫谈。这些元素又常常难以辨别，人们不仅被这些元素所淹没，而且被来自不同领域的蜂拥而入的引文搞得不知所措，晕头转向。

伯格曼的影片之所以耐人寻味，则在于它们的主题始终是一些抽象的沉思，日常事物和人物的身姿手势大多都是思想的隐喻体现，比如在不眠之夜中恍惚可见的轮廓分明的岛屿和大海，寒光逼人的波涛。所有这些元素都沁渗着幽深莫测的色彩，万籁俱寂。这些景色仿佛是岿然无声的迷宫，是流放地和落难岛，是指定的聚会场所。但是，主人公不是在这里会面，而是"凄凉空旷的天穹下"绝望地互相驱赶。《第七封印》中的死亡与不朽，飘渺与永恒交织在一起，产生出令人不安的神秘气氛和难以名状的比喻性。至于费里尼的《八部半》中，高速公路阻塞时的一场最平常的噩梦不也是充斥着隐喻和象征。

拾贰

几何抽象画派是个松散的团体，时间不长，诞生不久便被达达主义的声浪所淹没了。以第一位在作品中运用纯粹的几何图形的抽象画家为例，从一九一三年起，马列维奇经历了各种先锋派风格的试验，从象征派到他自己的立体派拼贴。他声称他的拼贴为"无意义的写实主义"，因为这种拼贴是把抽象的结构用剪刀剪出来的实物的逼真的断片结合在一起，重新合成新的，它看起来是支离破碎的，其实是有秩序的排列。

另外还有纳比画派：活跃于十九世纪八十年代的一小群画家，他们受到保罗·高更以纯色彩作画的启发。此画派的手法如成员之一莫里斯·德民所言："一幅画在作为一匹战马，一位裸女或一则轶事之前，本质上是一个覆盖着色彩的平面。"宽阔画面上的平坦色块或图案，即是纳比画作的特色。

转眼之间，吴亮看画论画也几十年了，远远超过其文学评论的生涯。在画那里，人们感觉到的比看到的更多，人们触摸它，人们聆听它。它并不讲述故事，而是直接触及神经。在一个更重视图像的时代，吴亮总能做到与时俱进。认真地去读他人的作品，从而写些点评，这似乎并不适合吴亮。所以重返文学圈之后，便成就他的原创。而艺术评论的生涯，美术圈的所见所闻所经验的便又成其创作之源。创作总是奇妙之事，虚构则更是难以言说。难怪伊格尔顿在二〇一二年重新探讨"虚构的本质"时断言："虚构理论可能是文学哲学当中最难解的部分"，同时他感叹在众多关于探讨虚构的著作中，"存在远离于正常比例的难堪的庸见"。同样，阐释者充满了好奇心，也易犯简单化的错误。在这个问题上我们应当向弗洛伊德学习，他在和达利谈起超现实主义时，曾告诉达利，"在古典绘画作品中我寻找的是无意识，而在超现实主义作品中，我寻找的是意识"。

拾叁

在早期的一篇文章中，本雅明提到语言模糊的重要性，提到了作家遭遇的困境，因为每种语言只与自己沟通，只与自身本性沟通。因此，有些新感觉和新东西要说的作家在语言的粗糙表面上，或者只在语词、符号和语法的传统集合的一面上，敲打出自己的言辞。否则，他的声音怎么能被人听见？像文本中那种去除标点符号的段落只能偶尔为之，不然阅读将无法消受。《不存在的信札》试图探索一种新文体的可能性，但在如何培养读者新的回声上是欠考虑的。我们只能在设下重重埋伏的地方前行，不能指望有什么牢靠的东西，脚下如有晃动，也只能在象征和隐喻之间的张力、诱惑和拒绝诱惑的摇摆之间挣扎。下面，我们将进入《不存在的信札》的深水区：梦与无意识。

早在上个世纪八十年代，吴亮曾一度对弗洛伊德有点入迷。那时的青年批评家都尝试写小说，而吴亮为数不多的小说都和梦境有关。而眼下的长篇光涉及梦的就有十几处。例如第44节：回想起刚刚做梦，这个梦太不好理解，复杂的是这个梦的形式：这个梦有"两个梦组成"，第一个梦是我遇上棕熊，第二个梦是我在梦里回忆前几天做梦的梦想，结果，我清醒于第二个梦。其实，梦并非其复杂而难以理解，而是由于我们对梦境内容的纯粹无能，在梦境形象中间，主体及其来自自我控制的倾向完全被征服了，产生了一种对焦虑的极端倾向，同时做梦又纯粹为意愿所统治，唤醒了绝望的基本形象，无论监察机制在结构上如何完满，心理机制也牢牢地被梦控制在其下。尼采曾把自称的特权行为表达在"逃向梦境"之中，而这既是零度实在论的隐喻，又是最强烈的实在性幻觉。

"对梦的解析是通往人类心理无意识的大道"，弗洛伊德的这一名言经常被人们采用。梦发展了一面巨大的镜子所拥有的魔法，这面镜子本身由无限的闪烁的面所组成。梦的诱惑和陷阱在于其内容并不连贯，愿望的实现有所掩盖，我们只有经常反向操作才能发现梦的含义。从这一点上说，叙事中的梦并非只限于复述一个夜间做的梦才算是梦，《不存在的信札》中还有更多地方讲述那不是梦的梦，有的甚至比梦更像是梦的梦，它们都和弗洛伊德释梦的概念有关，诸如凝缩、移置、象征化、残留记忆、压抑变形等。

叙述者借梦表达对祖父、母亲和父亲的思念，记忆去世母亲的声音，用没有门的囚室、删节的虚幻以示象化；因思念的现实再造现实、寻觅熟悉的声音表达渴望温暖的阳光，梦见少女时代的一次勾引直到最后的隐喻：他们都走了，门关上了，密闭的房间，就是贯穿全剧的舞台，天窗是个隐喻，从这个角度永远看不到天空，狂风暴雨被屋中人作为陈述，发生在聆听者的想象之中，要下雨，要下雨了，气压越来越低，睡觉时间，他们一个个醒来，他们全身抖擞闪过雷电闷响，说故事者的脸上似乎看到了鬼魂：一秒，两秒，三秒……（第265节）这哪里是梦，分明是一首不分行的诗。

梦境是我们内在渴望的忠实阐释者。蒙田如是说，梦境作为阐释为了把梦中信息传达给我们。反过来又要求一个精于理论，老辣圆滑的阐释者存在。压抑作用实际上是将冲动、恐惧或幻想"活埋"，之所以"活埋"，是因为内驱力并没有失去它的力量，而且我们不断地用精神来抑制遭到禁忌的内容。主体看不到梦会走到哪里，他只是跟随者，他甚至偶尔会分离自己，提醒自己那是一场梦。但无论如何他在梦中无法领会自己为能思者（笛卡尔的"我思"）的方式领会自身。他可能会对自己说，"那不过是一个梦"。但是，他不能领会自己，如同某个人对自己说——毕竟，我能意识到这是一个梦。说到底，话语就像是梦，它也许是在"悼念错的现实"。当能指摆脱了貌似对称的事物后，我们能从中理解到能指的行为吗？

霍夫曼斯塔尔在一九〇三年的一篇文章《舞台作为梦的意境》中所表达的艺术理想，舞台设计者被视为某个放弃装饰的人："他应该具有极大的做梦能力，而且他应该是诗人当中的诗人。他的眼睛应当像一个做梦者的眼睛……梦的简约是无以言表的。谁能忘记伴随着简朴的贫乏，暴力在梦境中如此盛行！"

拾肆

我一直不敢轻易解读的是曼达。作者的介绍有点玄：他们都想认识她，可是她是一个"复数"。我也知道，曼达对《不存在的信札》来说无疑是最为重要的存在。我甚至敢说，没有曼达这个形象，大概这个长篇也就不存在了，这也是为什么这部作品的名字一度叫《曼达》。全书给曼达的信多达三十五封，不只这些，叙事者在给其他人的信中也同样论及到曼达。对倾诉者来说，曼达是情爱的别称，是欲望的符号，是凝视的客体，是梦幻之物；对我们来说还要琢磨这位像是隐身人的叙述主体。曼达是难以描述的，甚至把她称之为"一个形象"都是错误的。曼达就是女神，是个精灵，是水中月，镜中花。我的曼达，也许也是我不知道别人的曼达（第248节）；除非你是梦里，否则，你绝对无法看见曼达（第227节）；我是用曼达根本不知道的方式，不可救药地迷上曼达（第22节）；曼达像是小男孩，她拼了命奔跑，她甩掉了围巾、帽子，她头发全散了，飞起来，万有引力之虹，品钦式幻觉，薰衣草坠落的迷妹香，曼达变成了一阵风（第138节）；黑色精灵，你是影子，一具奇异肉体变成的机器。需要一种肉体的信号，一种肉体的证明（第82节）；忧郁疯狂的坏女孩，你天生就是一个让梦想落空的大麻烦，让梦想落空（第166节）；我拿天来给你做礼物，在天上你将成人们所瞻望的星……（第207节）；我发现，几乎所有的男人和一半的女人，都将目光集中于叫曼达的女人（第48节）。好了，我们无法转述，只能做些摘引，连叙事者都不得不承认，"叙述这样一位女士简直是苦差，由衷喜悦突然无语，是什么改变了她，只能近距离感受她，却不能用言语来转述，这完全、俘获、停顿、一往情深、最温柔的花，仿佛另外一个体系，不幸的、不舍、灰心丧气，无力履行自己应尽的义务，她是唯一的欲望……"

关于曼达的叙述让我们领略只有浪漫主义文本具备狂迷和痴恋，它就是一首首神魂颠倒，无法自制的抒情诗。它们给我一张张曼达的"脸"，一个个由爱所引导出的体态身姿，一个人由迷狂所制造的美妙摇摆和诗意影像，好像只有达到自我认知的境界才能延伸到的对象。我们能接受这些句子，但并不能全然接受这些句子里的着色；我们从这些句子里显然看到了自己内心的活动、深度并认同它们体现的境况、意含关系和情感活动，但无法认同这些句子携带的内在色调，那是因为我们的内心自有别样的色彩。例如，我们真的能体验到曼达的双面性？复数人难度可真不小。

不论我们何时创造虚构作品，我们碰见的都只是我们自己；不论我们何时诠释对象，我们的赌注依然是我们自己。

承认情感就是找回被科学理性"忘却"了的语言，找回被社会规范所压制的语言。这种语言在不同性别和童年时代里生根发芽，以不同的面貌流淌在梦、传奇和神话里。《不存在的信札》以抒情和理性思考作为一种对峙的张力，它们能否各自找回被对方忽略和扬弃的语言呢？这是这部长篇成败的关键。

虚构是被他者诸如情感等所"触及"的知性，是被表述主体剥夺了严肃性的表述。在心理分析领域，虚构变得可用，因为情感触及并伤害了它，因为失掉了严肃性，虚构反而重获可操作的能量。这就是小说的理论地位。《不存在的信札》的冒犯、僭越很大程度在于想保留这份"严肃性"，或者说在某种特定语境下重新引进这份"严肃性"。在难以冲突之处制造冲突，在无法和谐之处创造和谐。

海德格尔的角度不同，他认为，我们与语言的关系不佳，因为我们与生命不融洽。我们与性的关系不佳，因为我们与语言不融洽。这是整个精神分析的出发点。其实，何止是精神分析，我们谁都无法摆脱这层不佳的关系。《不存在的信札》想摆脱这些关系，去追随一种"绝对的文学"，它不掉头也不转弯，让话语在单行道上狂奔，我们只能在一旁观景。而那些词语的景观，诸如，"一个萦绕不去的梦""删除的期待""沉默与天堂""让新的语言铸造出新的欲望""历史是一连串的作弊""惯于被诽谤的性感""憎恨完美""学问是一系列常识堆积而成的""放弃的诱惑一直窥伺着你"……不停地跃入你的视线。

拾伍

拿萨特和弗洛伊德作比较是否有意义，这是个问题。但在我们这个特殊的时代和国情来说，情况就不同了。他们的名字和学术思想几乎同时在上世纪八十年代来到中国，并程度不同地影响着中国当代文学。有意思的是在文学圈内的萨特的影响力和持续性远不如文学圈外的弗洛伊德。如何提高我们对人性的认识？理性是如何不起作用的？知识以外的东西是如何变成欲望的对象的？当我们自以为知道自己在做什么时，却制造着一个所谓的"弗洛伊德口误"；当我们梦想能超越可理解的范围时，却不知不觉地重复着对自己憎恨的地方。我们所处的环境的连续性和传统性正在瓦解，我们经常处于情感的混乱与矛盾中。在要求进步时，却发现了回归和过去的魅力；寻求预见性时，发现的都是欲望的紊乱和毁灭、性欲困扰着我们，但是对性的痴迷却处于一种无名的状态。所有这些弗洛伊德一生所致力于思考的问题至今依然存在并困扰着我们和我们的文学。当今现实中国大踏步地城市化了，各种各样的咖啡馆到处都是，而作为典型的咖啡馆哲学家和文学家的萨特却离我们渐渐远去。

该结束了，吴亮在书中写道："半途而废其实是一种美好的结局。"他继续问道："因为我们总是为了结束才开始，但是有结束吗？"

回到文章开始提到的那位索莱尔斯，这位罗兰·巴特的同时代人一生见证了太多的东西，至今还在写作。他在"马拉美的悲剧"一文中这样说道：

应时应景的诗歌让他不快，而《骰子一掷，不会改变偶然》这首诗，我们每次想到的时候，就如同谈到闻所未闻的大胆天书一样。戏剧在内部上演，一间屋子和一个头脑变成了宇宙和星系，"发狂而孤独的笔"在太空中写下了绝望的水手的遗言。上完英文课的马拉美先生一回到家就变成了莎士比亚的人物，变成了顶着暴风雨的李尔王，陷入了"狂欢与恐惧的漩涡"。他与时间对峙："无物发生，除了位置。"

效果跟帕斯卡尔某个突如其来的头脑风暴一样出众，赌注全在纸上，《回忆录》在镜中重现。结论是："所有的思想都在掷骰子"，在很远的地方回响，在我们不知道的密码的未来里回响。要"一个字一个字地克服偶然"，要唤醒"语言"所有神奇的可能性，而"语言"正在被滥用，"一切都归结为美学和政治经济学"，这句话说得太对了。在人们日复一日的证明下，政治经济学是死亡，美学才是生命。但如今，应将生命从死亡中夺回，应该让它像某个海滩遗留下来的残骸那样发挥作用。"我不知公众为何物，也不知道法兰西大剧院。我不住在巴黎，但住在一个房里，可以是伦敦的，可以是旧金山，也可以是中国的……"

巧合的是，《不存在的信札》最后也写到"一个房间"。当我读到长篇的最后一句："制冷机嗡嗡作响玻璃窗外树叶无声上下飞舞……"时，想起的却是那个没有空调的年代，那时我和吴亮都是工人，我是染料化工厂的工人，而吴亮却是在一家制造冷藏柜的工厂当工人。据说，有时他会在防空洞里用他那独特的嗓音唱俄罗斯的《三套车》。

2019 年 9 月 10 日于上海

图书在版编目（ＣＩＰ）数据

　不存在的信札 / 吴亮著. -- 武汉：长江文艺出版
社，　2020.7
　ISBN 978-7-5702-1418-1

　Ⅰ. ①不… Ⅱ. ①吴… Ⅲ. ①长篇小说－中国－当代
Ⅳ. ①I247.5

中国版本图书馆 CIP 数据核字(2020)第 002478 号

策划编辑：王苏辛
责任编辑：田敦国　胡金媛　　　　　责任校对：毛　娟
封面设计：洪　磊　　　　　　　　　责任印制：邱　莉　杨　帆

出版：长江出版传媒　　长江文艺出版社
地址：武汉市雄楚大街 268 号　　　邮编：430070
发行：长江文艺出版社
http://www.cjlap.com
印刷：湖北新华印务有限公司

开本：880 毫米×1280 毫米　　1/32　印张：11.25　插页：2 页
版次：2020 年 7 月第 1 版　　　　2020 年 7 月第 1 次印刷
字数：186 千字

定价：42.00 元